# 규방 부인 정탐기

# 규방부인 정탐기

정명섭 소설

언더라인

# 차 례

사라진 신부

허리에 주름을 잔뜩 잡은 요선 철릭(주로 무관이 입던 공복公服) 차림에 사각형 모양의 검은색 와룽모를 쓴 여인이 말에서 내려 아산의 역참에 들어서자 웅성대던 목소리가 일제히 줄어들었다. 남장을 했지만 말에서 내려 역참 안으로 들어서자 누가 봐도 젊고 아리따운 처자라는 것을 알 수 있었다. 오뚝한 코와 큼직한 눈망울, 그리고 넓고 평평한 이마는 양갓집 규수라고 해도 부족함이 없을 정도였다. 그런데 남장을 했으니 당연히 이상해 보였다. 당장 역참 초입의 툇마루에서 마주 보고 국밥을 먹던 역노들이 키득거리며 쳐다봤다. 그러자 여인은 고개를 돌려 그쪽으로 다가갔다. 그녀가 다가오자 역노들은 웃음을 멈추고 허겁지겁 국밥을 퍼먹었다. 그 앞에 선 여인은 갑자기 뒤춤에 차고 있던 편곤을 꺼내서 밥상을 내리쳤다. 와당탕하는 요란한 소리와 함께 밥상이 두 동강 나고, 국밥이 든 뚝배기와 짠지를 담은 그릇도 박살나버렸다. 놀란 역노들이 비명을 지르자 박순애가 쏘아붙였다.

"말 타는 계집 처음 봐?"

그녀의 말에 역노들은 고개도 들지 못하고 굽실거렸다. 그들의 어깨를 편곤으로 툭툭 친 여인이 으름장을 놨다.

"한 번만 더 그따위 눈으로 쳐다보면 눈알을 뽑아버리고 불알도 뽑아버린다."

역노들이 굽실거리며 용서를 빌자 그녀는 짜증스럽다는 표정으로 돌아섰다. 그때, 마방에서 말들을 살펴보던 역참의 책임자인 찰방이 모습을 드러냈다. 대나무로 엮은 갓인 발립에 묻은 먼지를 툭툭 턴 찰방이 여인에게 눈을 부라렸다.

"어디서 온 계집이기에 역참에서 행패를 부리느냐!"

"우포도청 소속 다모(茶母, 관청에서 차를 끓이는 관비로 수사관 역할을 했다고도 전해진다.) 박순애라고 합니다. 이곳에 신임 부안 현감 일행이 머물고 있다는 소식을 들었습니다."

박순애의 말을 들은 찰방이 움찔했다.

"한양에서 누가 내려올 거라고는 들었는데, 다모가 내려올 줄은 몰랐네."

"부인이 사라진 사건이니까요. 일행은 어디 있습니까?"

그녀의 물음에 찰방이 안채 쪽을 가리켰다.

"저쪽에 머물고 있네. 부안 현감은 먼저 내려갔고, 남은 일행은 조사를 기다리고 있지."

"그날 부안 현감의 부인이 언제 사라진 겁니까?"

질문을 받은 찰방이 발립을 만지작거리며 대답했다.

"여기 도착한 다음 날 새벽이라고 들었네. 그날 나는 여기 있지 않고 외역을 살펴보러 자리를 비웠었어."

"그럼 사건이 벌어졌을 때 이곳에 없었다는 말인가요?"

찰방이 혀를 요란하게 차면서 말했다.

"그렇다니까. 역노가 헐레벌떡 달려와서 소식을 전해줘서 알았네. 얘기를 듣자마자 달려왔지만 이미 자취를 감춘 후였어."

"알겠습니다. 일단 남은 사람들을 만나보겠습니다."

"따라오게. 찰방을 1년 동안 했는데 이런 황당한 일은 처음일세. 처음이야."


황당하기는 그녀 역시 마찬가지였다. 이틀 전, 기찰을 마치고 돌아오는데 갑자기 종사관이 불러 세우더니 다짜고짜 아산의 역참으로 내려가라는 지시를 내렸다. 포도대장이 그녀에게 호의적이었던 반면, 앞뒤가 꽉 막힌 종사관은 박순애가 여자라는 이유만으로 백안시했다. 그런 종사관의 얘기라 박순애는 바짝 긴장할 수밖에 없었다.

"무슨 일입니까? 우리 우포청은 한양과 성저십리까지가 관할 구역입니다만."

"그런 걸 따질 만한 일이 아닐세. 신임 부안 현감의 부인이 아산의 역참에서 종적을 감춰버렸네."

"종적을 감추다니요? 납치를 당했다는 말씀이십니까?"

"그게."

종사관의 표정이 일그러졌다. 박순애가 말없이 바라보자 종사관이 덧붙였다.

"올라온 보고로는 그냥 밤중에 사라져버렸어. 납치되거나 끌려간 흔적은 못 찾았고."

"하긴, 아산 역참이면 한가한 외역이 아니라 본역인데 무슨 사고가 있었다면 아무도 몰랐을 리가 없었겠지요."

"거기다 역참은 지방 관아가 아니라 조정에서 관할하기 때문에, 불가피하게 한양에서 파견을 보내야 하네. 그런데 사라진 사람이 여인이니, 다모를 보내는 게 좋겠다고 포도대장께서 말씀하셨어."

비로소 상황을 파악한 박순애가 고개를 끄덕거렸다.

"알겠습니다. 잠시 후에 바로 출발하겠습니다."

"먼 길이니 남장을 하고 가게."

"알겠습니다. 그런데,"

박순애가 돌아서려는 종사관에게 물었다.

"부안 현감의 사라진 부인 이름이 뭡니까?"

질문을 받은 종사관이 얼굴을 찡그렸다.

"어찌 여인네 이름을 일일이 기억하겠나. 가서 직접 물어보게."

잠시, 며칠 전의 기억을 떠올린 박순애는 돌아서는 찰방에게 물었다.

"부안 현감의 사라진 부인 이름이 뭡니까?"

돌아선 찰방이 잠시 생각하다가 고개를 저었다.

"들은 것 같은데 기억이 안 나는군. 몸종에게 물어보게."

우포도청의 종사관과 비슷한 대답을 한 찰방이 그녀를 안채로 데리고 갔다. 마방과 붙어 있는 행랑채와는 달리 담장에 둘러싸인 안채는 조용했다. 중문 앞에 있는 측간에서 댕기 머리를 한 여인이 나오다가 황급히 고개를 숙였다. 그러자 걸음을 멈춘 찰방이 물었다.

"다 안에 있느냐?"

"안방과 건넌방에 계십니다."

"이쪽은 한양에서 온 다모다. 사건을 조사하러 왔으니 묻는 말에 잘들 대답하시게."

"다, 다모라굽쇼."

놀란 여인이 고개를 들어 와룽모를 쓰고 있는 박순애를 쳐다봤다. 박순애가 그녀에게 말했다.

"이름이 무엇이냐?"

"분례입니다."

"네가 부인을 모시던 몸종이었느냐?"

"그, 그렇습니다."

둘의 대화를 듣던 찰방이 끼어들었다.

"그럼 마음껏 조사하게. 나는 마방의 말들을 살펴봐야 해서 말이야."

헛기침을 한 찰방이 나가자 분례가 옷고름으로 이마의 땀을 닦아냈다. 그런 분례를 딱하다는 눈으로 바라보던 박순애가 문간채의 툇마루로 데리고 가서 앉혔다.

"아씨가 없어진 게 정확히 언제야?"

"그러니까 닷새 전 밤중이었습니다. 해가 뜨기 전에 일어나서 나가시는 걸 보고, 어디 가시느냐고 물었더니 측간에 간다고 해서 그대로 잠을 청했습니다."

"그런데 돌아오지 않았구나."

"네. 새벽에 닭이 울어서 눈을 떴는데 아씨가 안 계시는 겁니다. 그래서 새벽에 일어나서 산보라도 나가셨나 했는데 생각해 보니까 집이 아니라 역참이잖아요. 놀라서 일행들에게 물어봤더니 다들 못 봤다고 해서 아씨가 사라진 걸 알았습니다."

"그러니까 닷새 전 밤중에 없어졌구나."

"네. 정확한 시간은 모르지만 해가 뜨기 한참 전이었습니다."

"그 후에는?"

"현감 나리께서 아랫것들을 시켜 주변을 찾아보라고 하셨는데 못 찾았습니다. 그래서 급히 한양으로 사람을 보내서 이 사실을 알리고, 기다리다가 어제 임지로 먼저 출발하셨습니다."

"누가 남았는데?"

"아씨를 모시려고 새로 산 계집종 몇이랑 아씨의 큰아버지인 황대수 어르신, 그리고 친척 몇 명입니다. 아씨의 부군을 모시던 분들은 같이 내려가셨고요."

"아무도 부인을 못 봤대?"

박순애의 물음에 분례는 안채의 제일 오른쪽을 가리켰다.

"여기 계시는 동안 아씨는 저쪽 안채 끝방을 쓰셨고, 식사도 안에서 하시고 바깥출입을 하지 않으셨습니다."

"하긴, 새 신부에게 너무 관심을 가지는 것도 그리 바람직한 일은 아니지. 그런데."

얘기를 듣던 박순애는 이상한 점을 느꼈다.

"왜 남편과 같이 안 있었던 거지?"

박순애가 의문에 가득 찬 눈길로 바라보자 분례가 대답했다.

"안 그래도 쉰네도 궁금해서 물어봤는데 남사스럽다고 동침

하기가 꺼려진다고 하셨습니다. 역참이라 오가는 것들이 많다면서요."

"그래서 내려오는 동안은 따로 방을 쓴 거로구나."

"네. 부모님이 모두 안 계시다고 혹시나 트집이 잡히실까봐 평소에도 아씨께서는 몸가짐에 신경을 많이 쓰셨습니다."

분례의 대답을 들은 박순애는 아까 찰방이 나가면서 닫은 중문을 바라봤다. 저곳을 나가면 마방과 행랑채가 있는 마당과 연결된다. 큰길로 연결된 대문을 나서면 종적을 감추는 것은 어렵지 않았다. 역참이 원래 종일 말과 사람이 드나드는 곳이니, 밤중에 누군가 나가거나 들어와도 이상하게 생각하지는 않을 것이다. 여인 혼자 길을 오가는 게 이상해 보이기는 하겠지만 말과 가마를 빌려주는 세마꾼에게 가마를 구해서 이동하면 별문제가 없었을 것이다. 거기까지 생각이 미치자 박순애는 또 다른 의문점이 생겼다.

"혹시 패물 같은 건 가지고 사라지셨니?"

"아뇨, 혼수로 받으신 건 그대로 남기고 가셨어요. 다만, 선물로 받으신 옥비녀와 금가락지를 몇 개 가지고 가셨답니다."

"어디로 가고 싶다거나 얘기한 건?"

"없으셨어요. 하루빨리 한양을 벗어나고 싶다고만 하셨어요."

분례의 얘기를 들은 박순애는 의문만 쌓여갔다. 관리인 남편의 임지로 함께 떠나던 새색시가 종적을 감춰버렸다. 정황상 납치는 아닌 것 같은데 도무지 도망칠 이유가 없었다. 본가로 돌아가면 새어머니와 마주쳐야만 했고, 어디 다른 갈 곳도 짐작이 가지 않았기 때문이다. 혹시나 하는 마음에 마지막 질문을 던졌다.

"혹시 의탁할 만한 일가친척은 없니?"

"주인어른이 돌아가시고 어떻게든 한몫 잡으려는 친척들밖에는 없었어요. 그런데 새 마님께서 워낙 강경하게 내치시니까 오히려 친척 간이 소원해졌죠. 그사이에 끼어서 아씨께서 마음고생이 심하셨답니다. 다행히 함께 온 큰아버지 황대수 어르신께서 힘을 쓰셔서 혼처를 찾으셨답니다."

"함께 왔으니 그 집으로 갈 리는 없겠구나."

"네, 그리고 사실……."

주저하던 분례가 조심스럽게 덧붙였다.

"내려오는 내내 두 분 사이가 안 좋아 보였습니다."

"왜? 그분 덕분에 혼인을 할 수 있었다며."

"그래서 처음에는 아씨께서도 굉장히 고마워하셨지요. 그런데 왠지 출발하고 나서부터는 두 분이 말도 잘 안 하고 냉랭했답니다."

"그 일이 아씨가 사라진 것과 연관이 있을까?"

"잘 모르겠습니다. 무슨 일이 있는 건지 아씨께 여쭤봤는데 한숨만 푹푹 쉬시면서 몰라도 된다고 하셨어요."

자신에게 얘기해주지 않았다는 사실에 상처를 받았는지 분례의 표정이 어두워졌다. 그걸 본 박순애가 부드럽게 물었다.

"얼마 동안 모셨니?"

"아씨 마님을요?"

박순애가 고개를 끄덕거리자 분례는 손가락을 꼽아보며 대답했다.

"제가 여섯 살 때부터였으니까 12년째입니다."

"혼인을 치르고도 따라온 거니?"

모시던 주인이 혼인하면 몸종들이 따라가는 경우는 흔했다. 혈혈단신이나 다름없는 시댁에서 유일하게 편하게 말을 붙일 수 있는 사람이라는 점에서, 주인 역시 어린 시절부터 있던 몸종을 데리고 가는 게 편했다. 박순애의 질문에 분례가 한숨을 쉬었다.

"따라올 수밖에요."

"왜?"

"5년 전에 아씨 어머니께서 돌아가셨어요. 그리고 새어머니가 오셨는데……."

분례는 차마 말을 잇지 못했지만 박순애는 대번에 상황을 짐작했다. 아버지가 재혼하는 경우 딸들은 핍박의 대상이 되곤 했다. 딸들이 결혼할 때 혼수로 가져가는 물건들이 아깝다고 생각해, 새어머니가 전처의 딸들을 못살게 구는 일은 비일비재했다. 전처소생의 아들을 괴롭혔다가는 집안의 대를 이을 존재에게 해를 입혔다는 이유로 공격을 받을 수 있지만, 출가외인이 될 딸들은 그럴 염려가 적었다. 다모로 일하면서 그런 사건들을 여러 번 목격했던 박순애의 얼굴이 찡그려졌다. 하지만 분례의 얘기는 끝나지 않았다.

"작년에 아버님마저 돌아가시면서 아씨의 고초가 시작되었지요."

"뭐라고? 새어머니와 둘이서만 지내야 했단 말이야?"

박순애의 물음에 분례가 고개를 끄덕거렸다.

"외동딸이라 의지할 혈연도 없는 처지였습니다. 친척들도 모두 나 몰라라 해서 의탁할 곳이 없었습니다요."

"저런."

"쇤네가 옆에서 지켜봐도 조마조마했는데 당사자인 아씨야 어땠겠어요. 그래서 이리저리 친척들을 찾아다니면서 하소연을 하셨습니다."

"하소연?"

"빨리 혼처를 알아봐달라고요. 주인어른이 돌아가시고, 새 마님이 집과 노비들을 팔고 자기 집으로 돌아가셔서 아씨도 할 수 없이 따라가셨죠. 그때 저도 팔릴 뻔했는데 아씨께서 말려서 겨우 남았습지요."

"그때부터 눈칫밥을 먹었겠군."

"눈칫밥 정도가 아니었습니다요. 혼기가 차서 시집을 보내야 하는데 혼수를 해주기 싫어서 이 핑계 저 핑계 대면서 혼처를 거절했지요. 거기다……."

주저하던 분례가 어렵게 입을 열었다.

"그 집에 새 마님의 장성한 아드님이 드나들었습니다."

"자식이 있었다고?"

박순애의 물음에 분례가 고개를 저었다.

"새 마님의 전남편 소생입니다. 주인어른이 계실 때는 집 안에 얼씬도 못 했는데, 돌아가신 이후에는 제집 드나들듯 드나들었습지요."

"뭐 하는 사람인데?"

"뭘 하긴요. 새 마님은 과거 공부를 시킨다고 법석을 떨었지만 제가 보기에는 한량일 따름이었습니다요. 기방이 많은 벽장동을 하루가 멀다 하고 드나들어서 도포 자락에서 향냄새와 분냄새가 가실 틈이 없었답니다."

분례의 얘기를 들은 박순애가 말했다.

"불편했겠군."

"그 정도가 아니었습니다요. 아씨가 계시는 별채 주변을 어슬 렁거리다가 제 눈에 띈 게 한두 번이 아니었어요. 한번은 담장 너머로 살펴보는 것 같아서 뭐 하는 짓이냐고 하니까 누이를 보 는 것도 잘못이냐고 오히려 저한테 화를 내지 뭡니까."

"그래서 혼인을 서둘렀군."

"말도 마십쇼. 아씨께서 몇 날 며칠을 눈물로 하소연을 하시 고, 밥도 굶어가면서 버티셨거든요. 이번에 혼인을 안 시켜주면 머리를 깎고 비구니가 되겠다고까지 하셔서 겨우 혼례를 치를 수 있었답니다."

분례의 얘기를 듣던 박순애가 물었다.

"그렇게 힘들게 혼인을 했으면서 왜 야반도주를 한 거지?"

"쇤네도 잘 모르겠습니다. 어떤 일이든 저한테는 털어놓으셨 는데."

"낌새도 전혀 없었어?"

분례는 서운한 표정을 지으며 고개를 저었다.

"무슨 사정인지는 모르겠지만 야반도주를 하셨다면 저도 데 려가실 일이지."

분례의 대답을 들은 박순애가 남은 일행이 있는 안채 쪽을 바 라봤다.

"오는 동안 무슨 이상한 낌새는 없었어? 쫓아오는 사람이라든지, 서찰 같은 걸 은밀히 전해주는."

"없었습니다. 다들 정인이 따로 있어서 여기까지 따라와서는 함께 야반도주한 거라고 숙덕대는데 억울해 죽겠습니다."

"실제로 그런 적은 없었니?"

"아씨가 얼마나 조신하게 처신하셨는데요. 단옷날 그네도 뛰지 않으셨고, 친척이라고 해도 외간남자와는 단둘이 있는 걸 본 적이 없습니다."

"그런데 왜 한밤중에 남편과 몸종을 버리고 자취를 감춘 걸까?"

도저히 이해가 안 되는 일이었다. 혼인을 치르고 남편을 따라 남편의 임지로 내려가던 새색시가 왜 낯선 곳에서 자취를 감췄을까? 가장 설득력이 있는 이유가 좋아하는 다른 사람이 있었다는 것인데, 하지만 가까이 모시던 몸종 분례는 절대 아니라고 했다. 어쨌든 필요한 얘기는 모두 들었다고 생각한 박순애는 툇마루에서 몸을 일으켰다.

"큰아버지 황대수라는 분은 어디 계시느냐?"

박순애의 물음에 분례가 안채를 가리키며 말했다.

"대청 오른쪽 방에 계십니다."

몸을 일으킨 박순애는 따라 일어나려는 분례에게 물었다.

"이름이 무어니?"

"아씨 마님이요? 은자 월자이십니다."

"은월이라."

오랫동안 궁금해했던 이름을 알게 된 그녀는 천천히 안채 쪽으로 향했다. 그리고 큰기침 소리를 내고 말했다.

"황대수 어르신 계십니까?"

몇 번 더 묻자 안채의 문에 달린 조그마한 눈꼽재기창이 열렸다.

"누군가?"

"한양 우포도청에서 나온 다모 박순애라고 합니다. 여쭤볼 게 있는데 잠시 얘기를 나눌 수 있겠습니까?"

"어허, 양반의 체통이 있는데 어찌 관노와 말을 섞을 수 있단 말인가? 썩 물러가게."

가끔 듣는 얘기지만 그때마다 기분이 나빠지는 건 어쩔 수 없었다. 아랫입술을 살짝 깨문 박순애가 물었다.

"사건을 조사하라는 우포도청 종사관 나리의 분부를 받고 온 것입니다."

"이걸 굳이 나라에서 들쑤실 일인가? 내가 그리 반대했건만, 은월이의 남편이 말을 안 듣고 멋대로 한양에 알렸지 뭔가."

짜증 가득한 대답을 들은 박순애는 조용한 목소리로 말했다.

"어쨌든 소인은 분부받은 대로 조사를 해야만 합니다. 싫으시다면 나중에 한양으로 올라오셔서 우포도청으로 출두를 하시지요."

"포도청으로 직접 가야 한단 말인가?"

"이미 조정에 보고가 된 일입니다. 우포도청으로 엄중하게 조사하라는 지시가 내려왔으니 소홀히 할 수 없는 노릇 아니겠습니까?"

다모라는 신분은 천했지만 포도청 일을 한다는 것 때문에 사람들이 쉽게 무시하지는 못했다. 특히 지금처럼 조정에서 알게 된 사건이라면 상대방도 양반임을 앞세워 거들먹거리기가 쉽지 않았다. 결국 눈꼽재기창 안에서 목소리가 들렸다.

"대청으로 올라오너라. 문을 살짝 열고 얘기를 나누도록 하마."

미투리를 벗고 대청에 올라선 박순애는 와룡모를 벗어서 옆에 내려놨다. 잠시 후, 안방의 문이 반쯤 열리고 황대수의 모습이 보였다. 덥수룩한 턱수염에 머리는 반백이었고, 축 늘어진 볼살과 번들거리는 눈빛은 글공부에 전념하는 선비의 모습과는 거리가 멀었다. 허리에 주름을 많이 잡아서 움직이기 편한 중치막 차림의 황대수는 옷자락을 만지작거리며 혀를 찼다.

"아무리 세상이 달라졌다 해도 어찌 계집을 조사관으로 쓴단 말인가?"

"은월 아씨가 사라진 게 언제였습니까?"

박순애의 물음에 얼굴을 살짝 찡그린 황대수가 대답했다.

"닷새 전이었네. 아침에 일어났더니 분례라는 몸종이 사라졌다고 난리를 쳐서 알았지."

"그 이후에는 어찌하셨습니까?"

"어쩌긴, 같이 온 종놈들, 그리고 역참의 역졸과 역노들을 동원해서 찾았지. 사방으로 사람을 보냈는데 귀신처럼 사라지고 말았지 뭔가."

요란하게 혀를 찬 황대수의 대답을 들은 박순애가 다음 질문을 했다.

"혼례를 치르는 과정에서 무슨 문제는 없었습니까?"

"전부 문제였네. 동생 치수가 재혼한 부인이 성정이 사납고 탐욕스러워서 재산을 독차지하는 바람에 일가친척들과 사이가 소원해졌지. 거기다 은월이 나이가 다 차도록 혼사를 안 시켰지 뭔가?"

"이유가 뭔가요?"

"혼수가 아까워서지. 그런데 혼기를 넘긴 처녀가 집에 남아 있으면 집안사람들이 고개를 들고 다닐 수가 없지 않은가. 결국 내가 이리 뛰고 저리 뛰어서 혼사를 맺을 수 있었네. 마지막까지 혼수를 안 내놓으려고 어찌나 신경질을 내던지, 원.”

“그렇게 힘들게 혼인을 했는데 왜 남편의 임지로 함께 내려가던 중에 종적을 감춘 겁니까?”

“낸들 아나? 잘됐다 싶어서 한숨 돌리고 있었는데 갑자기 온데간데없이 사라져버리다니, 집안 이름에 먹칠을 해도 유분수지.”

말끝마다 집안을 들먹이는 황대수의 모습에 박순애는 거부감을 느꼈다. 하지만 그것과는 별개로 얘기를 나눌수록 의심스러웠다. 은월은 부모를 모두 잃고 새어머니 밑에서 힘들게 지냈고, 그 그늘에서 어떻게든 벗어나기 위해 어렵게 혼인을 치렀다. 이제 남편을 따라 임지로 내려가면 새어머니의 집에서 나오게 된다. 그런데 그 직전에, 심지어 아끼던 몸종에게도 알리지 않고 종적을 감춰버렸다. 머리가 복잡해진 그녀가 조심스럽게 물었다.

“혹시 혼인 전후로 이상한 낌새 같은 건 없었습니까? 의문스러운 얘기가 오간 적은 없고요?”

“그런 건 없었어. 그저 하루가 멀다 하고 찾아와서 누구라도 좋으니 혼사를 맺게 해달라고 했었네. 그래서 내가 정말 열심히 중매를 서서 혼인을 하게 됐지. 아, 그런데 날짜가 잡히니까, 괘씸하게도 혼인을 미뤄달라고 하지 뭔가.”

예상 밖의 대답을 들은 박순애가 바로 물었다.

"혼인을 미뤄달라고요?"

"그래. 그래서 내가 짜증을 냈지. 어렵게 잡은 날짜라서 미룰 수 없다고 말이야. 그랬더니 한참을 고민하다가 알겠다고 하더구나. 그런데 이제는 혼인을 치르고 나서도 한양에 머물 수 없겠느냐고 물었어."

"같이 내려가지 않고 한양에 남겠다고 했다고요?"

"그래. 아이고, 그래서 내가 정신 차리라고 따끔하게 혼을 냈지. 양반의 법도에 어긋나는 짓을 하면 주변의 손가락질을 받는다고 말이야. 그렇게 해서 겨우 혼례를 치르고 남편을 따라 길을 나서길래, 한숨 돌렸지. 그런데 이렇게 야밤에 사라질 줄은 꿈에도 몰랐어."

고개를 절레절레 흔드는 황대수의 얘기를 듣고, 박순애는 이번 일이 생각보다 복잡하게 돌아간다는 걸 깨달았다. 몸종인 분례의 말에 따르면, 은월은 어떻게든 빨리 혼인을 하고 싶어 했다. 그런데 정작 혼례를 치르게 되자 생각이 바뀐 것이다. 대체 그 사이에 무슨 일이 일어났는지 궁금해하는 찰나, 황대수가 입을 열었다.

"아, 사라지기 전날인가에도 나에게 찾아와서 말하더군. 한양으로 돌아가고 싶다고 말이야."

"무슨 이유로 말입니까?"

"몸이 좀 안 좋다고 하더군."

"어디가 안 좋다고 했나요?"

"그것까지 말하진 않았지. 그냥 안 좋다고만 하더군. 그래서 며칠 있으면 부안에 도착하니 거기서 의원의 치료를 받으라고 했지."

"실제로 몸이 안 좋았나요?"

"전혀. 혼례도 잘 치렀고, 아픈 구석은 보이지 않았네. 아마, 한양으로 돌아가기 위해서 거짓말을 했던 것 같아."

"그게 먹히지 않으니까 사라졌을까요?"

박순애의 물음에 황대수가 고개를 가로저었다.

"도무지 모르겠네. 혼례를 치르기 전까지만 해도 심지가 곧은 아이였는데 말이야."

"혼례를 치를 즈음에는 사람이 달라졌다는 얘깁니까?"

"글쎄, 그냥 다 내려놓은 것처럼 보였네. 그래서 나는 이제 지긋지긋한 새어머니 곁을 떠나니 기뻐서 그런가보다 했지."

"그런데 남편을 따라 임지로 내려가지 않는다고 하고, 중간에 한양으로 돌아가겠다고 했군요."

"그렇다네. 아무리 생각해봐도 왜 그랬는지 모르겠단 말이야."

황대수의 얘기를 듣고 박순애는 한 번도 얼굴을 본 적이 없는 은월이라는 여인을 떠올려봤다. 새어머니의 품에서 벗어나기 위해 혼사까지 치렀는데, 목적이 이뤄지자 그때까지와는 반대되는 행동을 하기 시작했고, 그것이 새신부의 도망이라는 초유의 사태로 이어졌다. 생각을 정리한 박순애는 조용히 고개를 숙여 인사를 했다.

"어려운 말씀 해주셔서 고맙습니다."

"거, 최대한 조용히 처리해주게. 이 사실이 알려지면 우리 집안은 더이상 얼굴을 들고 다닐 수가 없네."

조카가 사라진 이 와중에도 집안 체면만 걱정하느냐는 소리가 목구멍을 간지럽혔지만, 꾹 참고 일어났다. 와룽모를 쓴 박순애는 조용히 안채를 빠져나왔다. 그리고 마방에 있던 찰방에게 얘기해서 닷새 전 은월이 나간 모습을 본 사람이 있는지 물었다. 손에 묻은 지푸라기를 떼어내던 찰방이 얼굴을 찡그렸다.

"안 그래도 관리부터 역졸들을 죄다 풀어서 주변을 찾아봤는데 종적을 찾을 수 없었네."

"며칠 전까지만 해도 확실하게 존재했던 여인이 감쪽같이 사라졌는데, 못 찾는다는 게 말이 됩니까?"

"어허, 우리가 손가락만 빨고 지켜보고 있는 줄 아는가? 바쁜 와중에 찾아달라고 해서 도와줬는데 말이야."

왈칵 짜증을 낸 찰방에게 박순애는 죄송하다며 고개를 숙였다. 어차피 역참을 관리하는 찰방 입장에서는 모두가 귀찮은 존재일 뿐이었다. 역참을 한 바퀴 돌아본 박순애는 더 건질 게 없다는 사실을 인정해야만 했다. 호기심에 따라 나온 분례에게 은월의 새어머니 집 주소를 물어봤다.

"마른내골 초입에 큰 버드나무가 있는 기와집입니다."

고맙다는 말을 남긴 박순애는 타고 온 말에 올라탔다. 말머리를 돌려서 역참을 빠져나오는데 분례가 따라 나왔다.

"저기, 아씨를 꼭 찾아주세요. 제가 다시 모시고 싶어 한다고 꼭 전해주시고요."

분례의 얘기를 들은 박순애는 역참과 큰길을 번갈아 보다가 대답했다.

"어쩌면, 지금은 찾지 않는 게 더 나을지도 모르겠어."

박순애의 얘기를 들은 분례가 큰 목소리로 말했다.

"아씨는 누구와 도망을 치거나 그럴 분이 아니에요."

"세상에는 다양한 사람이 있단다. 다들 겉으로는 점잖고 예의 바르지만 속내는 전혀 다른 경우도 많아."

화가 난 분례가 다가와서 박순애가 타고 있는 말의 고삐를 움켜쥐려고 했다. 재빨리 고삐를 낚아챈 박순애가 분례를 내려다봤다.

"하지만 네 주인은 그럴 만한 사람으로는 보이지 않는구나. 내가 한양에 올라가서 더 조사를 해보마."

박순애의 말을 들은 분례가 고개를 조아렸다.

"꼭 부탁드립니다. 우리 아씨를 찾아주세요."

고개를 끄덕거리는 것으로 대답을 대신한 박순애가 한양 방향으로 말을 몰았다. 때마침 역참으로 들어서는 파발마가 요란한 말발굽 소리와 함께 옆을 스쳐 지나갔다.


이틀 후, 한양에 도착한 박순애는 곧장 우포도청으로 향했다. 한양의 중부 서린방에 있는 우포도청은 한양의 서부와 북부, 그리고 경기우도의 치안을 맡은 곳으로, 경복궁과 이어진 육조 거리의 혜정교 가까이에 자리 잡고 있었다. 맞은편에 있는 야트막한 언덕인 황토현으로 한 무리의 보부상이 넘어가는 중이었다. 말에서 내린 박순애가 계단을 오르자 대문을 지키던 포졸들이 얼굴을 알아보고는 옆으로 물러났다. 곧장 종사관을 만난 박순애는 아산의 역참에서 조사한 내용을 보고했다. 얘기를 들은 종사관이 수염을 비비 꼬면서 말했다.

"괴이하군. 어떻게든 혼인을 해서 집을 떠나고 싶어 했는데 정작 혼인을 치르고 나서는 남편과 같이 내려가지 않으려고 했다니."

"저도 그 점이 미심쩍습니다. 어릴 때부터 데리고 있던 몸종도 버리고 떠났습니다. 거기다 패물도 대부분 놓고 사라졌고요."

박순애의 얘기를 들은 종사관은 잠시 생각하다가 그녀를 바라봤다.

"결국 단서가 없는 셈이군."

"일단 사라진 여인의 새어머니를 만나보겠습니다."

"어제 조정에서 얘기가 나온 모양이야. 서두르는 게 좋겠어."

"알겠습니다."


보고를 마치고 나온 박순애는 곧장 건천동으로 향했다. 그곳에 은월의 새어머니가 산다는 얘기를 분례에게 들었기 때문이다. 비가 오지 않으면 사람이 오갈 수 있을 정도로 마른 하천이 있어서 건천동이라는 지명이 붙었다. 물론 박순애를 비롯한 백성들은 건천동이라는 한문 이름보다는 마른내골이라는 친근한 이름을 더 자주 사용했다. 동네 초입에 도착한 박순애는 버드나무가 있는 기와집을 찾았다. 그 앞에서 내린 박순애는 편곤의 자루로 대문을 두드렸다. 잠시 후, 대문 옆의 쪽문이 열렸다. 나이가 들어서 구부정하게 선 늙은 남자 종이 와룡모에 요선 철릭 차림인 박순애를 위아래로 살펴봤다.

"계집이 무슨 일로 남장을 하고 남의 집 대문을 두드리나? 매분구가 온다고 해서 문을 열었더니 말이야."

재수가 없다는 말투로 얘기하는 남자 종에게 박순애가 편곤을 까닥거리며 말했다.

"우포도청에서 온 다모다. 조사할 것이 있으니 주인마님에게 안내해라."

뜨끔한 남자 종이 굽실거리며 그녀를 안으로 데리고 들어갔다. 들어서자마자 담장이 앞을 가로막았고, 양쪽으로 중문이 하나씩 나 있었다. 남자 종은 그중 오른쪽 중문으로 그녀를 데리고 갔다. 안으로 들어가자 왼쪽에 긴 안채가 보였다. 완산당이라는 현판이 붙은 안채 중간의 대청에서 노란색 비단 치마를 입은 중년의 여인이 책을 읽고 있었다. 인기척을 느낀 여인이 책을 내려놓고 두 사람을 바라봤다. 앞장선 남자 종이 대청 아래 서서 고개를 조아렸다.

"마님, 우포도청에서 다모가 왔습니다요."

"다모가 무슨 일로?"

그녀의 대답을 들은 박순애가 앞으로 나섰다.

"따님 일로 왔습니다."

"딸? 아! 은월이 말이군. 얘기는 들었지."

"그 일을 조사 중입니다."

"소식이 들린 지 며칠이 지났는데 너무 늦었군."

비난하는 건지 비웃는 건지 알 수 없는 말투였다. 와룽모를 벗은 박순애가 지지 않고 대꾸했다.

"아산의 역참에 다녀오느라 시간이 좀 걸렸습니다."

"그렇군. 대청으로 올라오게. 마침 읽고 있던 방각본이 재미가 없던 참이었어."

그러고는 남자 종에게 나가라는 눈짓을 했다. 미투리를 벗은 박순애가 대청에 올라서자 자세를 고쳐잡은 그녀가 입을 열었다.

"완산당이라고 부르게. 자네 이름은 뭔가?"

"박순애입니다."

"얘기는 들었는데 실제로 다모를 본 건 처음이군. 할 만한가?"

"주어진 일이니 할 따름이죠. 본래 다모는 조사관이 아니었습니다."

"그럼?"

박순애는 호기심 어린 눈빛으로 바라보는 완산당에게 대답했다.

"관청에서 차를 만들고 따르는 일을 했습니다. 그러다 여인들이 연루된 사건들을 조사하기 위해 간간이 투입된 것이지요. 이

전에는 의녀들이 그 일을 맡았다 들었습니다."

"그런데 자네는 어쩌다 다모가 되었는가?"

"사연이 좀 깁니다. 어릴 때 포도청의 관노가 되었는데 다모
가 저를 눈여겨보고 이 일을 시켰지요."

"흥미진진하군. 언제 얘기 좀 들려주게. 요즘 나온 방각본들
은 통 재미가 없어."

"일단 조사를 먼저 하겠습니다. 사라진 은월 아씨의 새어머니
이시죠?"

"그렇게 되었네. 작고한 남편과 재혼을 하면서 자연스레 은월
이가 내 딸이 되었지."

"어떠셨습니까? 모녀 사이가."

박순애의 질문에 완산당은 가볍게 웃었다.

"재취로 들어온 새어머니를 좋아할 전처 자식이 어디 있겠
어? 거기다 남편도 몇 년 못 살고 저세상으로 가버리는 바람에
아주 골치가 아팠지."

"두 분 사이가 그리 좋지 않았나보군요."

"아비가 살아 있을 때는 대놓고 반항을 했지. 그러다가 홀로
남으니 그때부터는 좀 눈치를 보긴 하더군. 하지만 한 번도 진
심으로 날 어머니로 여긴 적은 없었지."

말투는 평온했지만 옷고름을 쥔 손이 가볍게 떨렸다.

은월 아씨의 큰아버지인 황대수나 몸종 분례의 얘기를 들어 보면, 새어머니 쪽에서 눈치를 주고 혼수가 아까워서 시집도 안 보내려고 했다. 하지만 완산당은 오히려 은월이 자신을 따르지 않아 골칫거리였다고 한다. 각자 서 있는 위치와 입장에 따라 다른 생각을 할 수밖에 없는 건 당연했다. 그 부분에서 갈등이 생기고, 그 갈등이 범죄로 이어졌나? 생각에 잠겨 있던 박순애 가 다시 물었다.

"혼사처는 어떻게 구했습니까?"

"그 아이의 큰아버지가 나섰지. 날 깡그리 무시하고 말이야."

"따로 봐둔 혼처가 계셨습니까?"

"그 아이가 워낙 변덕이 심했어. 그래서 내가 정해준 혼처는 싫다고 거절했지. 자기 처지는 생각도 안 하고 말이야."

차마 그 혼처가 어디인지는 묻지 않았다. 아마 완산당 입장에 서 봤을 때 혼수가 적게 드는 집안이었을 것이다. 새어머니가 정해준 집으로 시집을 갈 경우, 새어머니와의 인연이 이어질 것 이라는 점도 은월을 주저하게 만들었을 것이다.

"혼인을 앞두고 따님이 불안해하거나 이상한 행동을 한 적은 없었습니까?"

"하루빨리 시집을 가려고 안달을 한 것 말고는 없어. 문안 인 사도 제대로 안 하고 방에만 틀어박혀 있었거든."

"혼인을 서두르긴 했지만 정작 남편을 따라 임지로 내려가지 않고 한양에 남으려고 했답니다. 왜 그런지 혹시 아십니까?"

"몰라. 아마 시골로 내려가는 게 별로였나보지."

"한양에서 따님이 가실 만한 곳이 있을까요?"

"그쪽 친척들과는 왕래가 거의 없어서 모르겠네. 하지만 남편을 따라가다가 줄행랑을 쳤는데 무슨 낯으로 친척들 집에 의탁하겠어."

맞는 얘기였고, 어느 정도는 예상한 답변이라서 더이상 질문을 할 수 없었다. 아버지까지 돌아가신 상황에서 은월이 새어머니와 사이가 안 좋은 건 당연했다. 하지만 주변 사람들의 얘기나 태도를 보면 그 이상의 무언가가 있는 게 분명했다. 그건 당사자인 은월을 만나야만 들을 수 있을 것 같았다. 박순애가 생각에 잠겨 있는데 완산당이 입을 열었다.

"어쨌든 우리 집안에는 폐가 되지 않도록 처리해주게. 우리 아들이 곧 과거를 봐야 하는데 발목이 잡힐까 걱정이군."

"아, 네, 아드님이 있다고 들었습니다."

"그럼, 머리가 좋아서 과거를 보면 장원급제는 우리 아들 거지. 얼굴도 얼마나 잘생겼는지."

바늘로 찔러도 피 한 방울 나올 것 같지 않은 완산당도 아들 자랑에는 여념이 없었다. 그러다가 문득 새어머니의 장성한 아들 때문에 은월이 더 불편해했다는 분례의 얘기가 떠올랐다.

"아드님과 잠깐 얘기를 나눌 수 있을까요?"

"아들은 고향인 양주에서 공부 중일세."

"낙향했단 말씀이신가요?"

박순애의 물음에 완산당이 고개를 끄덕거렸다.

"한양에는 기방도 많고, 술집도 많아서 말이야. 조용한 양주에서 공부하는 게 좋을 것 같아서 내려가라고 했지."

"언제 내려갔습니까?"

"두어 달 되었네. 은월이가 혼사를 치른답시고 집 안팎으로 시끄러워질 것 같아서 말이야."

대답을 들은 박순애는 분례에게 들은 얘기를 하려다가 참았다. 완산당이 하는 얘기로 봐서는 자기 자식에게 해가 될 만한 말은 절대로 하지 않을 게 뻔했기 때문이다. 거기다 가족이 발고하는 건 역모 죄를 제외하고는 처벌을 하지 못했다. 답답해진 박순애는 몇 가지 쓸데없는 걸 몇 가지 더 물어보고는 일어났다. 책을 도로 집은 완산당이 박순애에게 말했다.

"일단 혼인을 치르고 남편을 따라갔으니 이제 우리 집안과는 관련이 없는 사람일세. 특히 내 아들에게 해가 가는 일이 없도록 조치해주게."

"알겠습니다. 그럼."

고개를 숙여 인사를 한 박순애는 중문 밖에서 기다리고 있던 늙은 남자 종을 따라 밖으로 나왔다. 며칠 동안 아산을 오가고, 한양으로 올라온 뒤에는 바로 건천동으로 와서 조사를 하느라 진이 다 빠진 상태였다. 새색시가 남편과 함께 신혼살림을 차릴 곳으로 가다가 종적을 감춰버린 경우는 한 번도 경험한 적이 없었다. 주변 인물들을 조사하면 할수록 은월이라는 여인의 행동에 의문이 갔다. 혼인하기 위해 필사적으로 애를 썼는데 정작 그 후에는 어떻게든 남편과 떨어져서 한양에 남으려고 했다. 그런데 한양에는 머물 만한 곳이 없었다. 무엇이 그녀가 하루아침에 태도를 바꾸도록 만들었는지 궁금했다. 거기다 몸종도 놔두고, 값비싼 패물도 챙기지 않았다. 머리에 떠오르는 단 하나의 원인은 사랑하는 정인을 못 잊어서 야반도주를 하는 것이었다. 그런 경우가 없지는 않았지만 대부분 혼사를 치르기 전에 자취를 감췄다. 혼인을 치르게 되면 대부분은 포기하고 시집살이를 했다. 그리고 지금까지 조사한 바로는 누군가와 몰래 만났을 가능성도 적은 것 같았다. 몸종인 분례의 얘기도 그렇고, 무엇보다 새어머니인 완산당이 그 사실을 알았다면 가만있지 않았을 것이다. 그 핑계로 파혼을 시켜버리면 혼수를 줄일 수 있었을 뿐더러 사이가 나쁜 은월에게 복수를 할 기회이기 때문이다. 일단 그쪽으로 조사를 더 해봐야겠다는 생각이 들긴 했지만 실마리가 나온다는 보장이 없었다. 지끈거리는 머리 때문에 우두커니 서 있는데 바로 옆으로 "거울 갈아요!" 하는 외침과 함께 구멍 난 망건을 쓴 마경장(磨鏡匠, 조선 시대 때 거울을 닦았던 장인)이 지나갔다. 그 소리를 들은 박순애는 누군가를 떠올리며 발걸음을 돌렸다.

동대문이라고도 불리는 숭인지문 옆에는 오간수문이 있었다. 한양을 만들 때 함께 만든 수문으로 다섯 개의 수문이 나란히 있었는데, 사람이 드나들지 못하고 쇠창살로 된 철문이 세워져 있었다. 근처에는 군영이 있어서 군인과 그 가족들이 주로 살았다. 그들은 녹봉만으로는 먹고살기 힘들어서 주로 한양 밖에서 채소를 재배해서 먹고살았다. 그 밖에도 가난한 사람들이 살았는데 그래도 한양 바깥보다는 사정이 훨씬 나았다. 밤이 되면 성문을 닫고 좌우포도청에서 순찰을 돌기 때문이었다. 거기다 중간에 경수소도 있었다. 하지만 성 밖에는 그런 게 없어서 강도들이 날뛰어도 당할 수밖에 없었다.

그런 이유로 사람들은 기를 쓰고 한양 안으로 들어오려고 했고, 한양은 늘 집이 부족했다. 남의 집 행랑채를 빌려서 거주하는 사람부터 개천가에 움막을 치고 사는 사람까지 있었으며, 공터에 무작정 집을 짓고 살기도 했다. 포도청의 포졸들도 집을 구하지 못하자 포도대장이 임금께 간청해서 빈 땅에 집을 지을 수 있게 조치해준 적도 있었다. 그 때문인지 구거가 흐르는 큰 길에서만 벗어나면 대부분의 길은 한 사람이 겨우 지나갈 정도로 좁았다. 지금 박순애가 찾아갈 곳은 그런 좁은 골목길 중에서도 제일 끝에 있었다. 사방에 반쯤 썩어가는 널빤지를 담장 대신 둘렀고, 안은 방 한 칸과 부엌, 그리고 고양이 이마보다 좁을 것 같은 마당이 전부였다. 질퍽한 골목길을 지나 삐걱거리는 문을 열고 들어서자 마당의 거적 위에 앉아 있던 노파가 고개를 들었다. 허리가 구부정하고 몸도 앙상했지만 눈빛만큼은 날카로웠다. 노파가 앉은 거적 위에는 각기 다른 모양의 숫돌들이 나란히 놓여 있었다. 박순애가 숫돌들을 내려다보자 노파는 한숨을 쉬며 혀를 찼다.

"무슨 일이야?"

"심심해서요."

노파가 구겨진 치맛자락을 펴는 척하면서 손에 쥔 별전을 날렸다. 바깥쪽을 날카롭게 갈아놓은 별전은 표창처럼 날아가서 널빤지 벽에 부딪쳤다. 가볍게 피한 박순애가 뒤춤에 꽂아둔 편곤을 꺼내서 쥐었다.

"노망이 나셨군요. 편곤으로 머리를 맞으면 제정신으로 돌아오려나?"

"염병할."

노파가 거적 아래 깔려 있던 창포검을 꺼냈다. 그러고는 몸을 바짝 낮춘 채 박순애를 노려봤다.

"어떤 사건이야?"

"새색시가 사라졌어요."

대답을 들은 노파가 창포검을 천천히 뽑았다. 잘 갈아놓은 칼날이 스르릉 소리를 내면서 뽑혀 나왔다.

"왜?"

"모르겠어요. 아산에 내려가서 새색시의 몸종과 큰아버지를 만나봤는데 모르겠다고 하더라고요."

"둘만 만나본 거야?"

"아뇨."

그녀가 대답을 한 순간을 노려서 노파가 접근했다. 그리고 창포검을 빠르게 옆으로 휘둘렀다. 편곤을 세워서 자루로 칼날을 막은 박순애는 옆으로 몸을 돌리면서 빠져나갔다. 그리고 편곤을 노파의 머리 위로 휘둘렀다. 창포검의 칼집으로 편곤을 막은 노파는 뒤로 물러났다.

"그럼 또 누굴 만났는데."

"건천동에 사는 새어머니요. 어머니가 죽고 아버지가 재혼했는데 얼마 후에 아버지도 돌아가셨대요."

"저런, 완전 찬밥 신세였겠군."

창포검으로 다시 자세를 잡은 노파의 말에 박순애가 한 걸음 다가가면서 대답했다.

"네, 그래서 혼인을 하는데 어려움이 많았다더군요. 부안 현감으로 부임하는 남편을 따라 내려가다가 아산의 역참에서 감쪽같이 사라졌어요."

"흔적은? 산적들에게 납치당한 거 아니야?"

"아산 역참이면 얼마나 사람들이 많이 오가는지 아시잖아요. 거기 무슨 산적들이 나타나요?"

"하긴 그렇군. 그럼 자기 발로 도망갔다는 얘기잖아."

"그래서 정인이 따로 있는지 알아봤는데 없는 것 같아요."

박순애의 대답에 노파가 창포검을 깊게 찌르면서 물었다.

"그걸 찾는 게 우리 일이잖아."

허리를 뒤로 빼서 창포검을 피한 박순애가 편곤을 크게 휘두르면서 대답했다.

"정인이랑 도망칠 거였으면 혼인 전에 패물을 잔뜩 챙겨서 자취를 감췄을 거 아니에요."

"그것도 그렇지."

노파가 대답을 하며 고개를 끄덕거리는 사이, 박순애가 아까 노파가 던진 별전을 널빤지에서 뽑아서 던졌다. 노파가 창포검을 휘둘러 별전을 쳐냈다. 하늘로 튕겨 올라간 별전을 본 노파가 혀를 찼다.

"아끼던 거였는데."

"그러게 왜 볼 때마다 싸우려고 들어요."

박순애가 퉁명스럽게 말하자 노파가 창포검을 칼집에 끼우고는 거적 위에 앉았다.

"심심해서 그러지. 너도 내 나이 돼봐."

"마경장 노릇하기 귀찮으면 복귀하시든가."

마주앉은 박순애의 말에 노파가 코웃음을 쳤다.

"아서라. 누가 나 같은 꼬부랑할망구가 따라주는 차를 마시고 싶겠어."

"실력은 여전한 것 같은데요. 성질머리도."

"아이고, 다모 노릇을 30년 넘게 하면서 온갖 사건 사고들을 겪고 나면 너도 나 같아질 거다, 이것아."

치맛자락으로 눈곱을 닦은 노파가 숫돌을 만지작거렸다. 박순애가 쳐다보자 노파가 하나씩 들어 올리며 설명을 했다.

"요기 거친 숫돌은 강려석이고, 그 옆의 중려석은 적당히 거칠지. 그리고 요건 연일려석인데 연일에서만 나는 고운 숫돌이야."

"이걸로 번갈아가면서 거울을 닦는 건가요?"

"맞아. 청동으로 된 거울은 강려석부터 써야 하고 백동으로 만든 건 중려석으로 시작해야 하지. 둘 다 연일려석으로 마무리하고 들기름인 법유를 써서 광택을 낼 수 있어. 늙은 나이라 그런지 거울을 조금만 닦아도 어깨랑 팔이 쑤셔."

노파가 한 손으로 어깨를 툭툭 치며 말하자 박순애가 넌지시 물었다.

"그래도 다모 노릇보다 쉽지 않아요?"

"쉽긴 하지. 적어도 시신이나 피를 볼 일은 없으니까. 그래서 지금도 후회가 된다."

무슨 대답이 나올지 알았지만 박순애는 습관처럼 물었다.

"뭐가요?"

"뭐긴, 널 내 후임 다모로 추천한 거 말이지."

박순애가 노파의 말투를 그대로 따라했다.

"염병할."

"아직도 미해결 사건들이 나타나 악몽을 꿔."

"다모로 일할 때 해결한 사건이 그렇게 많은데도요? 심지어 우물에 빠져 죽은 처자를 죽인 범인도 찾았고요."

"못 잡은 범인들도 많아. 그래서 잊어버리려고 짚신이 닳도록 탑돌이도 해봤고, 별짓을 다 했지."

"거울을 닦으면 그나마 나아요?"

"업경대라고 생각하면서 닦는다."

"업경대요?"

"사람이 죽어서 저승에 가면 염라대왕이 비추는 거울 말이야. 거기에 생전의 죄가 보인다고 하더구나."

"그런 생각 그만하고, 이제 남은 생은 좀 편히 쉬어요. 면천도 되었잖아요."

"고맙긴 하지."

"그러니까 중늙은이 하나 후려서 후처로 들어가요."

"아서라. 나같이 이빨 다 빠진 할망구를 누가 데려가?"

"아직도 고우세요."

"다 옛날 얘기지."

한숨을 쉬는 노파를 보면서 박순애는 예전 생각을 했다. 박순애를 뽑고 조련했던 노파는 수십 년 동안 우포도청의 관노이자 다모로 일했다. 많은 사건을 해결했기 때문에 환갑이 넘자 관노에서 면천을 시켜주어 평민이 되었다. 하지만 그녀는 여전히 과거에 머물고 있었다. 박순애는 자신의 미래가 이 노파처럼 될까 두려웠다. 고민에 빠진 박순애의 모습을 본 노파가 조심스럽게 물었다.

"안 풀려?"

"도통 모르겠어요."

"일단 사라진 새색시의 주변을 더 조사해봐."

"내일부터 그럴 생각인데 단서가 안 나올 거 같아요."

"내가 미리 짐작하지 말랬지!"

노파의 엄한 말에 박순애는 고개를 끄덕거렸다.

"그럼요. 그래서 고민 끝에 찾아온 거예요."

"일단 처음부터 끝까지 자세하게 얘기해봐."

한쪽 무릎을 세운 채 앉은 박순애는 이틀 전에 아산 역참에 가서 보고 들은 일과 건천동에서 완산당과 주고받은 이야기들을 털어놨다. 숫돌을 만지작거리며 얘기를 듣던 노파가 혀를 찼다.

"당최 이유를 모르겠군."

노파조차 감을 잡지 못한다는 사실에 박순애는 다급한 심정이 되었다.

"그래서 찾아온 거잖아요."

노파는 대답 대신 하늘을 올려다봤다. 아까부터 어둑해진 하늘에는 섣부르게 뜬 별과 달이 보였다. 달을 물끄러미 바라보던 노파가 입을 열었다.

"내일이 보름이군."

"네?"

"내일, 보름달이 뜨면 삼호정에 가봐."

"삼호정이요? 어디 있는 건데요?"

"용산 별영창 옆 절벽에 있는 정자야."

"거기 가면 뭐가 있는데요?"

박순애의 물음에 아무 말 없이 숫돌을 챙기던 노파가 말했다.

"가면 사람들이 있을 거야. 그들에게 내 소개를 받아서 왔다고 해."

"거기 누가 있는데요?"

숫돌을 챙긴 노파가 방으로 들어가면서 대답했다.

"보름달이 뜰 때야. 잊지 마."

삐걱거리며 문이 닫혔다. 완고한 노파의 성격을 잘 아는 박순애는 혀를 차며 일어났다. 그리고 노파처럼 하늘을 올려다봤다.

"보름달이라고?"


다음 날 저녁, 박순애는 하늘 높이 뜬 보름달이 드리운 밤그림자를 밟으며 용산으로 향했다. 경강이 흐르는 용산에는 조운선들이 드나들었다. 조운선들이 실어 온 곡식들을 보관하는 창고가 강가에 세워졌다. 그중 하나가 별영창인데 용산은 홍수가 자주 나는 곳이라서 창고도 높은 절벽 위에 지었다. 그 옆으로 정자들이 몇 개 있었다. 잠두봉이나 망원정만큼은 아니지만 강을 내려다보는 경치가 좋았기 때문이다. 삼호정은 별영창 옆에 자리 잡고 있었다. 박순애는 노파의 말을 듣고 삼호정으로 향하긴 했지만, 가는 내내 그곳에 가면 누가 있다는 것인지 도통 짐작할 수가 없었다. 마침내 삼호정에 거의 다다랐을 무렵, 밤바람을 타고 여인들의 웃음소리가 들려왔다. 마치 현실이 아닌 꿈속에서 들려오는 것 같았다. 박순애는 저도 모르게 편곤을 움켜쥐었다. 조심스럽게 삼호정으로 다가가자 사람들의 그림자가 보였다.

"말소리나 웃는 모습을 보니 이매망량은 아닌 거 같네."

삼호정에 있던 사람들도 인기척을 느꼈는지 하나둘씩 박순애가 있는 곳을 돌아봤다. 다들 화려한 가체에 화장을 한 여인들이었다. 치마저고리도 더없이 화려해서 명나라 비단 위에 금실로 수를 놓았다. 옷고름에는 값비싼 삼작노리개가 하나씩 매달려 있었고, 손에는 옥가락지, 머리에는 금으로 된 비녀를 하고 있었다. 거기다 다들 향낭을 하나씩 차고 있는지 은은한 향냄새까지 났다. 모두 네 명이었는데 한 명은 나이가 많아 보였고, 나머지는 30대 정도로 보였다. 노파가 가보라고 해서 왔지만 막상 무슨 말을 해야 할지 생각이 나지 않았다. 누군가 있을 것이라는 생각은 했지만 그게 화려하게 차려입은 기생들일 것이라고는 미처 예상하지 못했다. 기생들 중 한 명이 발그레한 뺨과 오똑한 코, 호기심이 많아 보이는 눈동자를 하고 박순애를 쳐다봤다. 가채에는 나비 모양의 값비싼 장신구인 떨잠이 꽂혀 있었다.

"누군데 우릴 찾아왔지?"

"어, 저는 우포도청 다모 박순애입니다. 전임 다모께서 이곳에 가보라고 하셨습니다."

박순애의 말을 들은 기생이 정자에 앉아 있는 동료들을 둘러봤다.

"노파가 우리 얘기를 한 모양이네. 어쩌지?"

다들 말없이 박순애를 내려다보는 가운데 생황을 만지작거리던 나이 든 기생이 입을 열었다.

"무슨 사연이 있겠지. 한번 들어보는 건 어떨까?"

"그러다 귀찮아지면 어쩌려고요."

가장 나이가 어려 보이는 기생의 말에 생황을 만지작거리던 나이 든 기생 옆에 있던 또 다른 기생이 웃으며 끼어들었다.

"귀찮아질 때도 되었지. 이제."

가채에 떨잠을 꽂은 기생이 동료들의 얘기를 듣다가 박순애를 바라봤다. 그리고 가볍게 손짓을 했다.

"올라와서 자초지종을 털어놓게."

"그전에 하나만 여쭤보겠습니다. 제 전임 다모와는 무슨 관계입니까?"

박순애의 질문에 가채에 떨잠을 꽂은 여인이 대답했다.

"10년 전에 우연찮게 알게 되었지. 종종 풀리지 않은 사건들이 있으면 우리에게 찾아와서 도움을 청했네."

그제야 왜 노파가 삼호정으로 가라고 했는지 이해가 되었다. 하지만 남자의 비위나 맞춰주고 사치를 부리는 기생들이 믿음직스럽지 않았다. 그런 박순애의 속마음을 눈치 챘는지 그녀가 가볍게 웃었다.

"우리가 기생이라 사건을 해결하지 못할 거라고 생각하는 게야?"

"그, 그건 아닙니다만."

"기생이라는 직업이 단순히 남자 옆에서 아양이나 떨고 웃음이나 파는 줄 아나본데."

웃으며 말을 끊은 그녀가 나이 든 기생을 바라봤다. 그러자 나이 든 기생이 만지작거리고 있던 생황을 불었다. 고즈넉한 정자에 울려 퍼지는 생황 소리에 박순애는 넋이 나갔다. 그동안 적잖게 생황 연주를 듣긴 했지만 이렇게 청아한 소리를 들은 건 처음이었다. 이번에는 제일 어려 보이는 기생이 일어나서 한손에 부채를 쥐고 가볍게 시조를 읊었다. 쟁반 위에 옥구슬이 굴러가는 것 같은 가락에 박순애는 입을 다물지 못했다. 생황 연주가 끝나면서 시조도 끊겼다. 가채에 떨잠을 꽂은 기생이 박순애를 바라봤다.

"나는 삼호정 시사를 이끌고 있는 김금원이라고 하네. 생황을 연주한 분은 이운초이고, 시조를 읊은 건 임혜랑일세. 그리고 저쪽에서 웃고 있는 건 내 친구인 박죽서이고. 그리고 우리들은 기생이 아닐세."

"기, 기생이 아니라고요?"

여염집 아낙치고는 너무 자유분방하고 옷차림도 화려했다. 박순애가 못 미더운 눈으로 바라보자 김금원이 씁쓸하게 웃었다.

"나를 비롯해서 모두 양반들의 소실일세."

비로소 의문이 풀린 박순애는 가볍게 고개를 끄덕였다. 기생이었다가 양반의 소실로 들어가는 경우가 종종 있다는 걸 알고 있었기 때문이다. 김금원이 덧붙였다.

"여기 삼호정은 남편의 소유일세. 그래서 비슷한 처지의 친구들과 만나서 시회를 연다네."

"여인들이 시회를 연다는 말씀입니까?"

박순애가 못 믿겠다는 표정으로 묻자 김금원이 손에 부채를 쥔 채 시를 한 수 읊기 시작했다.


시인들은 풍월 읊느라 잠시의 틈도 없고 詩家風月暫無閒

조물주는 인간을 시기해서 산 밖으로 쫓아냈네. 造物猜人送出山

산새는 산 밖의 일을 알지 못하고 山鳥不知山外事

**봄빛은 숲 속에 있다고 지저귀네.** 謂言春色在林間

박순애는 놀라서 말을 잇지 못했다. 김금원이 말했다.

"이 시는 내가 열네 살 때 금강산을 돌아보고 청풍의 옥순봉을 보면서 지은 시일세."

"여, 열네 살에 금강산을 갔단 말입니까?"

"어디, 금강산뿐이겠는가? 제천의 의림지, 단양의 선암계곡, 청풍의 옥순봉을 돌아보고 한양에 들렀다가 고향으로 돌아갔지."

보통의 여인들이라면 금강산 여행은 엄두도 내지 못할 일이었다. 그런데 불과 열네 살의 나이에 금강산을 올라갔다니, 계속해서 놀랄 일뿐이었다. 박죽서가 웃으며 말을 덧붙였다.

"틀림없는 사실이지. 금앵이라는 이름으로 기생 노릇을 할 때, 금강산에 가보지도 않고 갔다고 자랑하던 선비들 코를 여럿 납작하게 만들어버리곤 했어."

친구의 말이 끝나자 김금원이 다시 말을 이었다.

"기생 노릇을 제대로 하려면 춤과 노래는 물론, 눈치도 가지고 있어야 하네. 상대방의 비위를 맞춰줘야 하니까. 그러다보니 자연스럽게 사람이 거짓말을 하는지 안 하는지를 알 수 있게 되었지. 거기다 내 친구 박죽서는 경강상인의 소실이라네. 시중에 오가는 소문들을 비교적 빨리 알아낼 수 있어."

김금원의 설명을 들은 박순애는 왜 노파가 이곳으로 가라고 했는지 알 수 있었다.

"제 전임자가 도움을 요청하면 들어주셨던 건가요?"

"그랬지. 하지만 면천이 되어 다모 일을 안 하게 되면서 자연스럽게 왕래가 끊겼네. 그러다가 몇 년 만에 자네가 불쑥 나타난 거지."

"풀기 어려운 문제가 있다고 하니까 여기로 가보라고 했습니다. 보름달이 뜨는 날에 말입니다."

"보통 보름달이 뜨는 날 우리가 이곳에 모여 시회를 열긴 하지."

김금원의 얘기를 들은 박순애는 실낱같은 희망을 품었다.

"그럼 저에게도 도움을 주십시오."

"못 푸는 문제가 있나보군."

박순애가 고개를 끄덕이자 김금원이 동료들을 둘러봤다. 하나같이 흥미롭다는 표정이었다. 김금원이 말했다.

"올라오시게. 같이 달구경을 하면서 얘기를 들어보지."

박순애는 계단을 밟고 정자에 올라갔다. 휘영청 밝은 달이 삼호정의 처마 끝자락에 걸려 있었다. 김금원이 가리킨 대로 가운데에 앉자 박순애를 둘러싼 시선들이 모였다. 박순애는 사라진 새색시 은월에 대해 숨김없이 털어놨다. 생황을 만지작거리며 듣던 이운초가 가볍게 한숨을 내쉬었다. 김금원이 박죽서에게 물었다.

"어떻게 생각해?"

박죽서가 고개를 갸웃거렸다.

"이상하긴 하네. 시집을 가고 싶다고 했으면서 갑자기 왜 마음을 바꾼 거지?"

둘의 대화 이후 삼호정에는 침묵이 흘렀다. 깍지 낀 손을 치마 위에 올린 김금원은 생각에 잠긴 눈치였고, 친구 박죽서 역시 말없이 눈만 껌뻑거렸다. 지켜보던 박순애가 답답함에 못 이겨 대답을 재촉하려는 찰나, 김금원이 먼저 입을 열었다.

"뭔가 사정이 있었네."

"무슨 사정?"

박죽서의 물음에 듣고 있던 임혜랑이 끼어들었다.

"남편에게서 도망쳐야만 하는 상황이 갑자기 생겼나봐요."

임혜랑의 얘기를 들은 이운초가 생황을 내려놓으며 말했다.

"정인을 쫓아서 도망가는 일이야 있을 수 있다지만, 이건 이상하군."

동료들의 얘기를 들은 김금원이 박순애를 쳐다봤다.

"남정네들은 딴 남자와 바람이 나서 도망쳤다고 생각하겠지."

"네, 다들 그렇게 생각하고 있어요."

"그런데 새색시에게는 따로 정인이 없었던 것 같고?"

"절대 아니라고 몸종이 펄쩍 뛰었습니다."

"그게 아니라면 혜랑의 말대로 다른 어떤 사정이 있었던 게 분명해. 대개 바람이 나면 진즉에 도망치지 혼례식까지 치르고 난 뒤에 도망치진 않아. 거기다 패물도 못 챙겼다며. 그건……."

생각을 하느라 잠시 이마를 찌푸린 김금원이 다시 입을 열었다.

"피치 못할 사정, 그러니까 본인이 예상하지 못했거나, 원하지 않은 상황이 벌어졌다는 걸 의미해. 마음의 변화가 생긴 시점에 말이야."

"도대체 그게 뭔지 모르겠어요."

"조사를 해봐야지. 주변 사람들을."

김금원의 핀잔에 박순애가 대꾸했다.

"아산의 역참에서 큰아버지와 몸종을 만났고, 한양에 올라와서는 새어머니를 만나봤습니다."

"몸종이나 가족들은 숨길 게 많아. 그러니까 노비들을 만나봐."

"노비들을요?"

"그래, 은월의 아버지가 살아 있을 때 같이 일하던 집안 노비들. 새어머니가 싹 다 정리했다며.”

“네. 몸종 빼고는요.”

“주인이 바뀐 노비들이라면 부담 없이 입을 열 거야. 이제 자기 주인이 아니니까.”

김금원의 말에 박죽서가 거들었다.

“특히, 바깥일을 하는 노비들을 찾아가봐. 주인에게서 벗어나면 다들 쉽게 입을 열거든.”

단서까지는 아니지만 조사할 수 있는 방법을 알게 되자 박순애는 안도의 한숨이 나왔다.

“알겠습니다. 그럼 은월의 집에서 팔려 다른 집으로 간 노비들을 조사해보겠습니다.”

박순애의 얘기를 들은 김금원이 말했다.

“우린 매월 보름과 초하루에 이곳에서 시회를 열어. 하지만 이번에는 닷새 후에 모일 일이 있어서 말이야. 그날 저녁때 찾아와서 조사한 내용을 알려주게. 그러면 우리가 들어보겠네.”

김금원의 말에 박죽서가 맞장구를 쳤다.

“꼭 오시게. 새색시가 왜 남편을 떠나 자취를 감췄는지 궁금하니까.”

“네.”

계단을 내려온 박순애는 삼호정을 등지고 걸어갔다. 그런 그녀의 등 뒤로 생황 부는 소리와 함께 여인들의 웃음소리가 들려왔다. 관기 출신의 여인들이 양반과 돈 많은 상인의 소실이 되어서 시회를 연다는 사실이 놀라왔다. 자신이 모르는 세상이 있다는 생각에 박순애의 발걸음은 조금 더 조심스러워졌다.

다음 날, 박순애는 종일 탐문을 했다. 은월의 아버지가 죽은 후 팔려나간 노비들의 행방을 찾기 위해서였다. 적지 않은 숫자가 지방으로 팔려갔지만 다행스럽게도 외거노비들 중 일부는 한양에 남아 있었다. 주로 장사를 하거나 일을 하는 자들이었는데, 농사를 짓는 것보다 신공을 더 많이 바쳤기 때문에 주인이 바뀌고서도 하던 일을 계속한 것 같았다. 그중 한 명이 바로 숭인지문 바깥 동북쪽에 있는 대현(大峴, 지금의 우이천)에서 채마전을 하며 채소를 재배하는 상쇠 부부였다. 한양 안에서는 채소의 재배가 금지되었기 때문에, 상쇠 부부가 하는 채마전은 우이천 근처 야트막한 언덕 위에 있었다. 푸릇푸릇한 배추들이 자라는 가운데 수건을 머리에 쓴 여인이 한창 밭을 갈고 있었다. 먼발치서 지켜보자니 지게에 똥장군을 짊어진 중년의 남자가 나타났다. 밭둑에 똥장군을 세워둔 남자가 한숨을 쉬며 이마에 쓴 수건을 벗어서 목과 얼굴을 닦았다. 박순애는 중년의 남자에게 다가갔다.

"상쇠라는 분을 찾아왔습니다. 혹시 맞습니까?"

중년의 남자가 멍한 눈으로 바라보는데 수건을 손에 들고 다가온 여인이 물었다.

"어디서 오셨나?"

"우포도청 소속 다모 박순애라고 합니다."

"포, 포도청? 우리 부부는 잘못한 게 없는데?"

박순애는 겁에 질려서 말을 더듬는 여인을 달랬다.

"두 분이 잘못해서 찾아온 건 아닙니다. 예전 주인에 대해 물어볼 게 있어서 왔습니다."

박순애의 얘기를 듣고 안심이 되었는지 상쇠가 한숨을 쉬면서 말했다.

"난 또, 무슨 일이 난 줄 알고 걱정했네. 예전 주인이면 황치수 어르신 말씀이시오?"

"네, 그분 따님이 얼마 전에 혼인을 했는데, 함께 부군의 임지로 내려가던 중에 종적을 감췄습니다."

"은월 아씨가?"

"네, 그래서 조사 중입니다."

박순애는 대답을 하면서 상쇠 부부의 반응을 살폈다. 상쇠는 가만히 서 있었지만 눈썹을 꿈틀거렸고, 부인은 고개를 돌린 채 주먹으로 가슴을 쳤다. 뭔가 알고 있는 게 확실했기 때문에 박순애는 둘을 진정시킨 후에 얘기를 들어보기로 했다. 밭둑에 나란히 앉은 상쇠 부부는 한동안 말이 없었다. 그 모습을 본 박순애가 입을 열었다.

"지금 포도청은 물론 조정까지 발칵 뒤집혔습니다."

먼저 반응을 한 건 가슴을 쳤던 부인이었다.

"아이고, 우리 아기씨가 어쩌다 그런 일에 휘말렸을꼬."

"아산에 내려가서 몸종 분례와 큰아버지와 이야기를 나눴고, 한양에 와서는 새어머니인 완산당 마님까지 만나봤지만 도통 이유를 찾을 수 없었습니다."

상쇠는 여전히 묵묵부답이었고, 부인은 뭔가 말을 하고 싶은 눈치였지만 차마 입을 열지 못했다. 박순애는 주저하는 상쇠 부인에게 말했다.

"이대로 가면 은월 아씨는 정인과 함께 야반도주를 한 음란한 여인이 될 겁니다."

"우리 아기씨는 절대 그럴 사람이 아니야."

안타까움이 잔뜩 묻어난 투로 부인이 말하자, 상쇠가 한숨을 쉬었다.

"참으로 안타깝지. 주인마님과 주인님이 연달아 돌아가시면서 천애고아 신세가 되었으니까."

"듣기로는 새어머니와 사이가 안 좋다고 하던데요."

그 얘기를 듣자마자 상쇠 부인이 얼굴을 찡그렸다.

"새어머니는 무슨 새어머니! 재취로 들어온 주제에 안방을 차지하고 주인 행세를 하려고 한 요물이지, 요물."

"은월 아씨의 혼인을 계속 미루기만 했다고 들었습니다만."

"일부러 격이 낮은 집안과 인연을 맺게 하려고 했어. 우리 같은 아랫사람들한테도 어찌나 혹독하게 굴던지. 주인님이 돌아가시면서 더 심해졌지."

"그래서 그 집 아씨가 어떻게든 빨리 집안을 나가고 싶어 했던 거죠?"

"그럼. 큰아버지 집 문턱이 닳도록 드나들면서 애원을 했지. 그런데 큰아버지도 들은 척을 안 했어."

"뭐라고요?"

예상 밖의 대답에 놀란 박순애가 눈을 치켜떴다. 아산 역참에서 만난 당사자는 자기가 힘을 써서 혼사를 치렀다고 말하지 않았던가. 가까스로 정신을 차린 박순애가 물었다.

"그분 말로는 자기가 힘을 써서 혼사를 맺었다고 했는데요."

처음으로 상쇠가 나섰다.

"그게 말이야. 좀 이상했어."

"뭐가요?"

"처음에 은월 아기씨가 혼처를 알아봐달라고 했을 때는 귀찮아했거든. 너희 집이 알아서 하라면서 계속 미뤘지."

"신경을 안 썼단 말이군요."

"맞아. 주인님이 돌아가시니까 일가친척들이 유산을 한몫 챙기려고 뻔질나게 드나들다가 완산당 마님에게 다 쫓겨났지. 황대수 어른도 그중 하나였는데 욕심이 보통이 아니었거든."

"그런데 갑자기 혼처를 잡아준 이유가 뭔가요?"

"나도 잘 몰라. 아기씨가 갈 때 내가 항상 따라갔었는데, 어느 날 갑자기 살갑게 대하더니 마치 자기 딸처럼 혼처를 잡아주더란 말이야. 나도 어리둥절했다고."

갑작스럽게 태도가 바뀐 건 은월뿐만 아니라 큰아버지인 황대수도 마찬가지였다. 직접 만나서 얘기를 나눠본 경험상, 그리고 상쇠의 얘기를 들어보면 욕심이 많은 인물이라 쉽게 부탁을 들어줬을 것 같지는 않았다. 그런데 왜 갑자기 혼처를 찾아줬을까. 박순애는 황대수가 갓 결혼한 부부를 따라 함께 내려갔다는 사실이 떠올랐다.

"왜 큰아버지 황대수가 두 사람을 따라간 거죠?"

박순애의 물음에 상쇠는 잠시 생각하다가 고개를 저었다.

"그냥 바람 쐬러 간다고 했던 것 같은데."

"부안은 바람 쐬러 가기에는 너무 먼데요?"

"멀다마다. 그런데 뭐, 간다고 하니까 그런가보다 했지. 사실,

그때 완산당으로 이사를 가면서 원래 있던 노비들이 다 팔려나 갔잖아. 아마 몸종인 분례만 남았을걸."

"네. 두 분도 그때 주인이 바뀌신 거죠."

아내를 잠깐 쳐다본 상쇠가 대답했다.

"응. 다행히 새 주인도 한양에 살고 있어서 그냥 하던 대로 채 마전을 하고 신공을 바치라고 하더군."

"다른 노비들은 다 지방으로 팔려갔나요?"

"거의 다. 완산당이 자기를 따르지 않았다고 복수를 한 셈이 지. 아이고."

"만약 은월 아씨가 한양으로 돌아오거나 남아 있었다면 갈 만 한 곳이 있을까요?"

이번에는 상쇠 대신 부인이 입을 열었다.

"한양에? 없지. 우리 집에 찾아오면 환영하겠지만 그럴 리는 없을 것이고."

결국 황대수가 중간에 마음을 바꿔서 혼사를 진행했다는 점 을 제외하면 이상한 점은 없었다. 다른 노비들을 찾아봐야 하나 생각하는데 상쇠의 부인이 주저하다가 입을 열었다.

"아씨가 왜 빨리 혼인을 하려고 했는지는 알아봤어?"

"새어머니와 사이가 나빠서 아닌가요?"

"그것도 있는데 새어머니의 아들놈이 더 문제였어."

"아들요?"

상쇠 부인의 얘기를 들은 박순애는 완산당의 아들이 별채 주변을 어슬렁거렸다고 한 분례의 얘기를 떠올렸다.

"그렇다니까, 갓 쓰고 도포만 걸쳤지 무뢰배나 다름없는 놈이었다고."

"얘기를 듣긴 했습니다만, 어쨌는데요?"

박순애의 물음에 상쇠 부인이 남편의 눈치를 슬쩍 봤다. 먼 하늘을 바라보던 남편이 말했다.

"어차피 지금 주인도 아닌데 뭐 어때? 다 말해."

그러자 용기를 낸 상쇠 부인이 입을 열었다.

"그놈 이름이 나정구인데, 술에 취하기만 하면 민망한 얘기를 늘어놓았다고."

"어떤……."

구체적으로 물어보려고 하던 박순애는 상쇠 부인의 표정을 보고는 입을 다물었다. 아마 은월 아씨를 어떻게 하겠다는 내용 같았다. 옆에서 듣던 상쇠가 혀를 찼다.

"어떻게 세상에 그런 놈이 다 있나 몰라. 하늘 무서운 줄 모르고 말이야."

"그래서 은월 아씨가 하루빨리 시집을 가려고 했군요."

"하루는 나한테 와서 은장도 말고 장도를 하나 따로 구해달라고 하지 뭐야. 그래서 어디에 쓰려고 하느냐고 물어봤더니 나정구라는 놈이 해코지를 하면 그놈을 찌르고 자기도 죽으려고 그런다고 했지."

혀를 찬 상쇠가 고개를 절레절레 저었다.

"거기다 완산댁인가 뭔가 하는 그 계집도 문제였어."

"왜요?"

"자기 아들이 그런 망나니 같은 흉악한 말을 하고 다니면 입단속을 시키든, 따끔하게 혼을 내든 해야 하는데 말이야."

"그러지 않았나요?"

"오히려 부추겼지."

"진짜요?"

놀란 박순애의 물음에 상쇠가 혀를 찼다.

"내가 몇 번이고 들었다니까. 모자간에 차마 못 할 말을 주고받으면서 어찌나 흉악하게 웃던지 몰라."

상쇠 부인도 옆에서 맞장구를 쳤다.

"그나마 남은 정이 다 떨어지더라고."

얘기를 들은 박순애도 온몸에 소름이 끼쳤다. 정조를 잃은 여성은 이유 여하를 막론하고 사람대접을 받지 못했다. 특히 양반의 경우에는 집안의 명예에 누를 끼쳤다며 더욱더 가혹한 시선을 받았다. 왜 은월 아씨가 필사적으로 혼처를 찾았는지 이해가

갔다. 단순히 새어머니와의 관계가 불편한 것이 아니었다. 소름이 돋은 박순애에게 상쇠가 말했다.

"우리 아기씨는 아랫것들에게도 참 잘 대해주셨지. 좋은 분이었어. 절대로 딴마음을 먹고 도망칠 분은 아니야. 틀림없이 무슨 사연이 있을 거야. 그러니, 꼭 진실을 밝혀주게."

상쇠 부인 역시 눈물을 글썽거리며 부탁했다. 박순애는 무거워진 마음으로 자리에서 일어났다.


닷새 후, 요선 철릭을 입고 와룽모를 쓴 박순애가 용산의 삼호정으로 향했다. 뿌연 달빛 아래 삼호정에 앉아 있는 네 명의 여인들이 보였다. 지난번처럼 악기를 연주하거나 술을 마시면서 얘기를 주고받고 있었다. 박순애는 가볍게 고개를 숙여 인사를 하고는 삼호정으로 들어섰다. 그녀가 올 줄 이미 알았는지 비단으로 만든 방석이 놓여 있었다. 그곳에 앉은 박순애에게 임혜랑이 술을 권했다.

"한잔할래요?"

술을 별로 좋아하지 않는 박순애는 괜찮다는 말과 함께 고개를 저었다. 아쟁의 줄을 만지작거리고 있던 김금원이 그녀를 힐끔 쳐다봤다.

"좀 알아봤어?"

"말씀해주신 대로 팔려간 노비들을 만나봤습니다."

"뭐라고 하던가?"

"새어머니의 아들 나정구가 은월 아씨에게 흑심을 품고 있었답니다."

박순애의 얘기를 들은 삼호정 시사의 여인들은 하나같이 혀를 찼다. 박죽서가 한숨을 쉬며 가채를 만지작거렸다.

"그럴 줄 알았어. 얼마나 힘들었을꼬."

"저도 처음에는 믿기지 않았는데 만나본 노비들이 거의 다 비슷한 얘기를 하더군요."

"여러 명이 같은 얘기를 했다면 사실일 가능성이 높지."

"놀라운 건 나정구가 그런 짓거리를 해도 어머니가 말리기는 커녕 부추기기까지 했답니다."

"자기 자식은 뭘 해도 용서해줄 부모들이 많지."

혀를 찬 김금원의 말에 이운초가 끼어들었다.

"전부 다 그런 건 아니야."

"그렇지만 사고를 친 자식들은 대개 부모에게 문제가 있더라고요. 이번 건도 딱 그렇네요."

"사람을 너무 미워하지 마."

점잖게 얘기한 이운초가 덧붙였다.

"그러면 잘못을 가리지 못하니까."

여인들의 얘기를 듣던 박순애가 물었다.

"그렇다고 해도 이상한 점이 있습니다."

박순애의 물음에 김금원이 대답했다.

"왜 은월이라는 여인이 자취를 감췄는지가 궁금한 거지?"

"네. 그렇게 원하던 대로 혼인을 했는데 말이죠."

김금원은 박순애의 대답을 듣고는 아쟁의 줄을 만지작거렸다.

"아마 나정구가 은월을 범했을 거야."

박순애도 어느 정도 예상하고 있던 일이었지만 직접 말로 듣자 처참한 심정이었다. 주먹을 부들부들 떨면서 박순애가 중얼거렸다.

"어떻게 사람의 탈을 쓰고 그런 짓을 할 수 있을까요?"

"사람이니까. 어떨 때는 한없이 잔혹하고, 금지된 쾌락을 탐닉하거든. 다모라면 그런 것쯤은 알 텐데?"

김금원의 물음에 박순애가 쓴웃음을 지었다.

"살인이나 강간 같은 사건을 많이 접하긴 했지요. 하지만 이복 남매에게 흑심을 품고 실행에 옮겼으리라고는 상상도 못 했습니다."

"어차피 피 한 방울 안 섞여 있잖아. 안 그래?"

"그렇긴 해도요. 그런데 어떻게 그렇게 단번에 간파하셨습니까?"

박순애의 물음에 김금원이 동료들을 둘러봤다.

"지금은 모두 규방의 부인이 되었지만 우리 모두 관기 출신이
지."

"지난번에 얘기해주셨습니다."

"모르는 사람들은 기생이라고 하면 그냥 술자리에서 남자들
비위나 맞춰준다고 생각하지. 하지만 말이야."

치맛자락을 가볍게 구긴 김금원이 눈빛을 반짝거리며 덧붙였
다.

"그곳은 밑바닥이야."

"밑바닥이요?"

"인간의 마음속 가장 깊은 밑바닥. 그곳에서는 체통이나 신분
은 존재하지 않지. 오직 탐욕과 욕망만이 꿈틀거릴 뿐이야."

정확하게 알 수는 없지만 적지 않은 회한이 있는 듯했다. 다른
세 명의 여인들도 마찬가지라는 눈빛이었다. 한숨을 쉰 김금원
이 말을 이어갔다.

"우리는 밑바닥에 있어봤기 때문에 사람들의 속마음을 더 잘
알 수 있어. 예의범절이나 신분에 가려진 사람들의 진정한 모습
말이야."

마른 침을 삼킨 박순애가 조심스럽게 물었다.

"그렇다고 해도 설명이 되지 않는 부분이 있습니다."

"뭐가?"

"생각하기도 끔찍하지만, 만약 나정구가 은월 아씨를 강간했다는 게 사실이라고 해도 갑자기 자취를 감추는 건 설명이 되지 않습니다."

"왜?"

"이제 혼사도 치렀는데, 시집을 가서 모른 척하고 지내며 잊어버리려고 하지 않았을까요? 자신이 도망쳐버리면, 조사하다가 가장 감추고 싶어 했던 사실이 발각될 수도 있지 않겠습니까?"

박순애의 얘기를 들은 김금원이 잠시 생각하다가 대답했다.

"그렇게 볼 수도 있겠네."

김금원의 대답을 옆에서 듣고 있던 박죽서가 옆에 있던 붓을 들어서 바닥에 놓인 종이에 글씨를 적었다. 그리고 김금원에게 보여줬다. 김금원이 가볍게 고개를 끄덕이자 다른 회원들에게도 보이도록 했다. 이운초와 임혜랑 역시 납득하는 표정을 지었다. 궁금해진 박순애가 물었다.

"뭡니까?"

김금원을 잠시 바라본 박죽서가 종이를 돌려서 적은 글씨를 보여줬다. 그걸 보는 순간 박순애는 머리가 띵해졌다.

"임신!"

"멀리 도망쳐야 했지만 그렇지 못했다면, 이유는 딱 하나뿐이겠지."

박죽서가 힘없이 말하며 종이를 바닥에 내려놨다. 마음이 먹먹해진 박순애는 아무 말도 할 수 없었다. 새어머니와 그 아들의 마수에서 벗어나기 위해 발버둥을 쳤지만 결국 피하지 못하고 말았다. 시시각각 조여왔을 그녀의 고통을 떠올리자 박순애는 저도 모르게 눈물이 흘렀다. 치욕과 두려움을 애써 감춘 채 혼례를 치르고 남편을 따라 한양을 떠났다. 아마 모든 걸 잊고 새 출발을 할 수 있으리라 생각했을 것이다. 그런데 배가 나날이 불러왔다. 그래서 중간에 병을 핑계로 한양으로 돌아가려고 했지만 실패하고 말았다. 남은 건 배가 더 크게 불러오는 걸 남들이 눈치채기 전에 도망치는 것뿐이었다. 선택지가 없던 그녀는 결국 평생을 같이 지냈던 몸종도 버리고 떠나야만 했다. 그 발걸음이 얼마나 무겁고 무서웠을지 짐작조차 가지 않았다. 아무 말도 못 하고 눈물만 흘리고 있던 박순애를 본 김금원이 말했다.

"지금은 울 때가 아니야."

"그럼요?"

"자초지종을 밝혀서 그녀를 괴롭히고 도망치게 만든 자들을 처벌받게 해야지."

　김금원의 얘기를 들은 박순애는 눈물을 멈췄다.

　"그걸 잊어버리고 있었네요."

　"나정구는 지금 어디 있지?"

　"고향인 양주에 내려갔다고 들었습니다."

　"아마 그녀도 거기에 있을 거야."

　"가서 데려올게요."

　박순애가 단호하게 대답하자 김금원이 덧붙였다.

　"그 새끼 머리에 편곤 한 대 후려치고 와. 책임은 우리가 질게."

　김금원의 말에 박순애는 가지고 온 편곤을 손으로 꽉 움켜쥐었다.

　"이마를 쪼개놓고 오겠습니다."

　일어나려는 그녀에게 김금원이 물었다.

　"은월이라는 여인의 큰아버지가 황대수라고 했지?"

　"네."

　"알겠네."

　대답을 들은 김금원이 의미심장한 표정을 지었다. 박순애는 가만히 일어나 고개를 숙여 인사를 하고는 계단을 내려갔다.

박순애가 달빛 너머로 사라질 때까지 물끄러미 지켜보던 김금원이 막내인 임혜랑을 바라봤다. 살짝 웃은 임혜랑이 물었다.

"무슨 생각을 하시나요?"

"낚을 사람이 하나 있어서 말이야."

"사람이 물고기도 아니고 어떻게 낚습니까?"

말은 그렇게 해도 임혜랑 역시 자신만만한 표정이었다. 그런 임혜랑에게 김금원이 말했다.

"지난번에 소개해준 친구는 아직 벽장동의 기방에 있어?"

"네."

"연락해서 자리를 좀 마련해보라고 해. 그리고 조방꾼 중에 입담 좋은 자를 하나 골라서 보내."

"누구에게요?"

"황대수. 사라진 은월의 큰아버지 말이야."

김금원의 얘기를 들은 임혜랑이 가볍게 웃었다.

"낚일 법한 미끼를 준비해야겠네요."

임혜랑의 대답을 들은 김금원이 고개를 돌려서 이운초를 바라봤다.

"노비에 관한 송사를 하는 곳이 장예원이죠?"

"맞아."

"거기서 송사를 대신해주는 게 외지부(外知部, 오늘날의 변호인과 비숫한 직업)고요?"

"그렇지."

박죽서의 얘기에 김금원이 잠깐 생각하다가 입을 열었다.

"외지부 중에 발이 넓고 풍문을 잘 듣는 자를 찾아봐주십시
오."

"그쪽도 뭔가 조사할 게 있는가?"

김금원은 이운초의 물음에 대답 대신 미소를 지었다. 그리고
마지막으로 박죽서를 바라봤다.

"일꾼 중에 힘깨나 쓰는 장정들이 필요해."

"많아. 남편이 하는 객주 일을 돕는 강대 사람들은 전부 힘이
장사에 성격도 거칠거든."


다음 날, 종사관에게 보고를 하고 마패를 받은 박순애는 곧장
양주로 향했다. 고을에 도착하자 관아로 향했다. 와룽모를 쓰고
요선 철릭을 입은 박순애를 본 문지기가 움찔했다. 박순애가 자
신의 신분을 밝히고 호적을 관리하는 호방을 불러달라고 요청
했다. 챙이 좁은 갓을 쓴 호방이 떨떠름한 표정으로 그녀를 맞
이했다.

"무슨 일로 우포도청에서 이곳까지 온 거요?"

"나정구라는 자를 찾아왔습니다. 어머니는 한양의 건천동에

사는 완산댕입니다.”

“나정구라? 부추골에 사는 젊은 선비 말이구려.”

“부추골은 여기서 멉니까?”

“저기 뒷산만 넘어가면 금방이오. 거기 기와집은 나정구가 사는 집 하나뿐이고 말이오.”

“누구와 같이 삽니까?”

“종놈들이 몇 있고, 몇 년 전에 혼인한 부인이 있는 걸로 알고 있소이다.”

헛기침을 한 호방의 대답에 박순애가 물었다.

“새로 여인을 들이지는 않았습니까?”

“내가 거기까지 알 수는 없고, 그 동네에 가서 나정구의 집을 책임지는 통주(統主, 조선 시대 때 다섯 집을 묶어서 관리하던 오가작통법의 책임자)에게 물어보시구려.”

호방은 최대한 엮이고 싶지 않다는 태도였다.

“알겠습니다. 그럼 사람 하나만 붙여주십시오.”

“잠시만 기다리시게.”

자리를 뜬 호방이 얼마 후 비쩍 마른 남자 종을 하나 데리고 왔다. 부추골로 안내하라는 말을 들은 남자 종은 아무 말 없이 앞장섰다. 한양을 출발한 지 시간이 제법 지나서인지 해가 서서히 저물어가는 중이었다.

기방이 모여 있는 벽장동 초입에 들어선 황대수가 어색하게 헛기침을 했다. 해가 저물어가고 있었지만 갓을 푹 눌러 얼굴을 가리느라 바빴다. 그러자 조방꾼 박씨가 냉큼 달려가서 소매를 잡아끌었다.

"아니, 새색시처럼 왜 그리 쑥스러워하십니까?"

"그, 그게 아니라 명색이 선비가 이런 곳에 와도 되나 싶어서 말일세."

"아이고, 선비도 남자인데 오입질을 안 하고 산답니까? 다들 조용조용 왔다 가는 곳입니다. 그러니 너무 염려 말고 어서 문지방을 넘으십시오."

"어허, 이 사람이."

"아니, 이렇게 좋은 구경을 놓치실 겁니까? 신입 기생의 신고식이 얼마나 흥미진진한지는 나리도 얘기를 들으셨겠지요?"

조방꾼 박씨의 능글맞은 물음에 황대수는 웃음이 나오는 표정을 감추느라 고개를 돌렸다.

"드, 듣긴 들었지. 다리속곳만 입은 기생이 옷고름을 입에 물고 두 손을 든다며."

"그렇지요. 그러면 삥 둘러앉은 손님들이 희롱을 하다가 한 명이 달려들어서 옷고름을 확 잡아당겨버리지요. 기방에서는 그걸 정을 본다고 합니다요."

"정을 본다고?"

"그렇습니다요. 기생이 옷고름을 손에 쥐고 있으면 손님들이 어서 손을 올리라고 으름장을 놓지요. 그럼 기생은 할 수 없이 손을 들고 옷고름을 입에 물 수밖에 없습니다요."

"그러다 다리속곳이 벗겨지면 그야말로 알몸을 보이는 게 아닌가?"

"그래서 대부분의 기생들은 엎드려서 울고불고 부모를 찾지요. 그러면 손님들이 뺨을 때리고 희롱을 합니다. 그러면서 뱃속에 정이 많으니 그 서방 모시고 잘 살라는 투로 얘기하지요."

"기생한테는 고약한 일이군."

"세상 모든 일이 그렇듯 정을 보는 일도 이유가 있습니다."

"무슨 이유?"

"기생이라는 게 무엇입니까? 해어화, 말하는 꽃이 아닙니까요."

조방꾼 박씨의 말에 황대수가 고개를 끄덕거렸다.

"그렇지."

"말하는 꽃이 되려면 자기 생각이 없어야만 합니다. 그런데 기생이 되고도 자존심을 찾는 경우가 종종 있지요. 꽃이 아니라 사람이라고 말입니다."

"그런가?"

"그런 걸 없애기 위해서 그리 가혹한 신고식을 하는 겁니다. 뭇 사내들 앞에서 알몸을 보여줌으로써 자기 처지를 깨닫게 하는 것이죠. 그래서 신고식을 할 때 사람들을 최대한 많이 끌어모으는 겁니다."

조방꾼 박씨가 구미가 당겨 하는 황대수의 소매를 잡아끌었다. 황대수는 못 이기는 척 기방의 대문으로 들어갔다. 처마에 초롱이 걸려 있고, 곳곳에 사방등을 켜놓은 탓에 날이 어둑해지고 있음에도 불구하고 기방 안은 대낮처럼 환했다. 황대수가 자신을 안채로 데리고 가려는 조방꾼 박씨에게 조심스럽게 말했다.

"내가 기방을 잘 드나들지 않아서 이곳의 법도를 잘 모른다네."

"소인이 알려주는 대로만 하시면 됩니다요. 일단 방에 들어가시면 평안하냐고 물으시면 됩니다."

"평안하냐고?"

"예, 그리고 상대방이 평안하다고 대답하면 인사는 끝납니다. 그리고 자리에 앉으시면 되지요."

"자리가 없으면?"

"그럼 조금만 칩시다, 라고 하십시오. 그럼 자리를 좁혀줄 겁니다."

이 설명을 들으면서도 황대수는 사방에서 들려오는 간드러진 웃음소리와 코를 찌르는 향냄새에 정신을 차리지 못했다. 두 사람은 벽돌로 만든 중문을 넘어서고, 작은 연못이 있는 별채에 도달했다. 세 칸짜리 별채는 불이 환하게 밝혀져 있었다. 종이를 바른 문을 통해 안에 적지 않은 사람들이 있음을 알 수 있었다. 마른 침을 삼키는 황대수에게 조방꾼 박씨가 말했다.

"시작한 지 얼마 안 됐을 겁니다. 그러니 서두르십시오."

가볍게 등을 떠밀린 황대수가 그대로 서 있는 조방꾼 박씨를 돌아봤다.

"그나저나 잘 알지도 못하는 나한테 어찌 이리 재미난 일을 소개해주는가? 그것도 돈 한 푼 안 받고 말이야."

그러자 조방꾼 박씨가 빙그레 웃었다.

"한번 이런 일에 재미를 붙이시면 그 뒤에도 계속 저를 찾아주시더군요. 그게 제가 살아가는 방식입니다."

"알겠네. 내 앞으로 기방에 드나들 일이 있으면 자네를 찾겠네."

조방꾼 박씨는 웃는 얼굴로 얼른 들어가라는 손짓을 했다. 별채의 댓돌에는 가죽신과 꽃신이 놓여 있었다. 재미난 구경거리를 볼 수 있다는 기대감에 황대수는 댓돌에 가죽신을 벗으며 히죽 웃었다.

"그러니까 들어가서 평안하냐고 인사를 하고, 그다음에 자리가 없으면 쉽시다, 라고 하면 된다고 했지."

기대감에 부푼 황대수가 장지문을 열면서 호기롭게 외쳤다.

"평안하신가?"

그러나 문을 열고 들어선 별채 안에는 다리속곳만 입은 채 신고식을 준비하는 기생이나 그걸 구경 온 한량들은 없었다. 한 덩치 하는 무뢰배들만 가득했고, 병풍 앞에는 보라색 보료와 붉은색 안색 위에 화려하게 차려입은 기생 넷이 앉아 있었다. 예상 밖의 광경에 놀란 황대수가 주춤주춤 뒤로 물러났다.

"자, 잘못 찾아왔나?"

하지만 그를 이곳으로 오게 한 조방꾼 박씨는 자취를 감춘 뒤였다. 어찌할 바를 모르고 서 있던 황대수는 무뢰배들에게 두 팔을 잡혀서 별채 안으로 질질 끌려 들어갔다. 등 뒤에서 장지문이 거칠게 닫히는 소리가 들렸다. 바닥에 내팽개쳐진 황대수는 고개를 들고 주변을 살펴봤다. 하나같이 현방에서 소를 잡는 백정이나 저잣거리에서 행패를 부리는 무뢰배들 같았다. 뭔가 잘못되었다는 생각이 들었지만 황대수는 일단 목청을 높였다.

"아니, 내가 누군 줄 알고 이런 짓거리를 하는 것이냐! 내 당장……."

핏대를 올리던 황대수의 목덜미를 누군가가 손날로 내리쳤다. 황대수는 다음 얘기를 이어가지 못했다. 다른 누군가가 나동그라진 황대수의 뒷덜미를 잡고 기생들 앞으로 확 잡아끌었다. 꼴사납게 넘어진 황대수가 몸을 일으키려고 애썼다. 하지만 누군가 발로 등을 밟는 바람에 일어나지 못했다. 찌그러진 갓의 테두리 너머로 네 명의 기생들이 웃는 걸 본 황대수는 이를 갈았다.

"천한 기생들이 감히 선비를 희롱해? 관아에 발고해서 네년들을 가만두지 않겠다."

그러자 가채에 떨잠을 꽂은 기생이 입을 열었다.

"기생의 신고식이 있다고 제 발로 찾아오셨지요? 관청은 기방의 일에는 관여하지 않습니다. 왜 그런지 아십니까?"

여유만만한 기생의 물음에 황대수는 제대로 대답하지 못했다. 그러자 기생이 가볍게 웃었다. 가채에 꽂은 떨잠도 가볍게 흔들렸다.

"기방을 운영하는 게 바로 대전별감들이기 때문이죠."

"대, 대전별감이라면 임금님을 곁에서 모시는 하급 관리들이 아닌가?"

"그렇습니다. 비록 품계는 낮지만 임금님을 곁에서 모시는 신분이니 관청에서 쉽사리 손을 못 대는 것이지요. 거기다 대전별감들에게 뒷돈을 대주고 기방을 운영하게 하는 이들이 임금님을 모시는 대신들입니다. 그러니 이곳에서 당한 일을 가지고 관청을 다녀봤자 아무도 귀를 기울이지 않을 겁니다."

"뭐라고!"

"그리고 선비님께서는 기생의 신고식을 보시려고 오신 게 아닙니까? 그게 선비가 할 일은 아니지 않습니까?"

가채에 떨잠을 꽂은 기생의 얘기에 다른 기생들이 맞장구를 쳤다. 틀린 얘기는 아니었기 때문에 황대수는 아무 대꾸도 하지 못했다. 거기다 방 안에 있는 자들의 인상이 하나같이 험악해서, 까딱 잘못했다가는 걸어 나가지 못할 수도 있다는 생각도 입을 다문 이유였다. 죽음 같은 침묵이 이어졌다. 더 이상 견디지 못하고 황대수가 물었다.

"날 여기로 끌고 온 이유가 무엇인가?"

"역시 배운 분이라 눈치가 빠르시군요. 궁금한 게 있어서 모셨답니다. 솔직하게 대답해주신다면 두 발로 걸어서 나갈 수 있지만,"

가채에 떨잠을 꽂은 기생이 고개를 들어 무뢰배들을 한번 바라본 후 황대수를 향해 말했다.

"그게 아니라면 두 발로 멀쩡하게 다니는 건 오늘이 마지막일 겁니다."

"바, 발뒤꿈치를 자르겠다는 것이냐?"

"거기다 이마에 문신도 새겨드리지요. 강도나 절도라고 적으면 아마 주변에 아무도 얼씬거리지 않을 겁니다."

한쪽 다리를 절룩거리고, 이마에 문신까지 새겨진 모습을 상상하자 황대수는 저절로 식은땀이 흘렀다. 가체에 떨잠을 꽂은 기생이 그런 황대수의 모습을 보고는 환하게 웃었다.

"자, 그럼 이제 대답할 준비가 되셨습니까?"

"뭐, 뭐든 물어보게."

"그러실 줄 알았습니다. 참, 제 이름은 김금원입니다. 오른쪽은 동무인 박죽서와 스승인 이운초이고, 왼쪽은 임혜랑이라고 하지요."

자신과 동료들을 소개한 김금원이 황대수를 바라보며 입을 열었다.

"조카가 얼마 전에 혼인을 하였지요?"


양주 관아에서 붙여준 남자 종을 따라 부추골에 도착할 즈음에는 해가 거의 떨어졌다. 산자락에 둘러싸인 마을 초입에 도착하자 남자 종이 말했다.

"저기가 부추골입니다."

"나정구가 사는 곳이 부추골에서 유일한 기와집이라고 들었네만."

다모 노릇을 하고 있지만 자신의 신분도 관노였기 때문에 박순애는 굉장히 조심스럽게 물었다. 다행히 남자 종은 박순애의 신분이 양인일 것이라고 생각했는지 굽실거리며 말했다.

"그렇습니다요. 원래 어머니와 같이 살았는데 어머니가 한양에 사는 분과 재혼을 하면서 아들만 남았지요. 그 후에 아들이 혼자 살다가 몇 년 전부터 한양을 드나들기 시작했습니다요."

"지금은 여기 내려와 있고?"

"쇤네는 자세한 건 모르옵고, 통주에게 물어보시지요."

우물가를 지난 남자 종이 안내한 곳은 기와집 바로 옆에 있는 초가집이었다. 비록 초가집이라고 해도 마당이 넓고 행랑채에 소를 키우는 외양간까지 있는 걸 보면 제법 잘사는 집안 같았다. 싸리문을 열고 안으로 들어간 남자 종이 마침 대청에 나와서 책을 읽고 있던 주인에게 다가갔다. 흰 수염에 사방관을 쓰고 유학자들이 즐겨 입는 흰색 심의 차림이었다. 인기척을 느낀 주인이 고개를 들자 남자 종이 종종걸음으로 다가가 고개를 조아렸다. 자초지종을 들은 주인이 책을 덮고 박순애를 바라봤다. 와룽모를 벗은 박순애가 고개를 숙이자 주인이 남자 종에게 말을 건넸다. 남자 종이 다가와서 박순애에게 말을 전했다.

"가까이 오시랍니다."

한 손에 와룽모를 쥔 박순애가 다가가자 주인이 수염을 쓰다

듬으며 물었다.

"내가 나정구의 집을 관리하는 통주 심 진사일세. 한양에서 왔다고?"

"네, 우포도청 소속 다모 박순애라고 합니다. 진사 어른."

"어허, 아무리 그래도 계집이 남장을 하고 혼자 다니 니……."

요란하게 혀를 찬 심 진사의 말에 남자 종이 마치 자기 잘못 이라는 듯 고개를 조아렸다. 그 모습을 힐끔 본 박순애가 딱딱 한 말투로 얘기했다.

"포도대장님의 명을 받들어서 사건을 조사 중입니다. 그러니 협조해주십시오."

이럴 때는 높은 관직이 있는 상관을 언급하는 게 효과적이었 다. 심 진사의 태도가 바뀌었다.

"그래, 내가 도울 일이 무엇인가?"

"바로 옆 기와집에 사는 나정구에 대해서 알아보러 왔습니 다."

"그 젊은이 말인가?"

심 진사의 표정이 일그러지는 걸 본 박순애가 물었다.

"한양에 있다가 과거 준비를 하러 낙향했다고 들었습니다만."

"매일 무뢰배들과 어울려서 술을 마시거나 아랫것들이랑 사냥을 다니는데 무슨 과거 공부?"

어머니인 완산당을 빼고는 모두 비슷한 평가를 했다. 피 한 방울 안 섞이긴 했지만 가족인 은월에게 흑심을 품을 만한 인간이라는 생각이 들었다.

"과거 공부를 하는 것이 아니었습니까?"

"한양 같은 곳이라면 모르겠지만 부추골처럼 작은 동네에서는 악명이 자자하오. 그런 놈이 어찌 선비를 자처한단 말이오. 참으로 가소로운 일이지."

코웃음을 친 심 진사에게 박순애가 다시 조심스럽게 물었다.

"얼마 전에 낯선 여인이 그를 찾아오지 않았습니까?"

"낯선 여인?"

"그렇습니다."

잠시 생각하던 심 진사가 고개를 갸웃거렸다.

"아내가 담장 너머로 낯선 여인의 목소리가 들린 것 같다고 한 적이 있긴 하네. 대체 무슨 일인가?"


김금원은 엎드린 채 벌벌 떨고 있는 황대수를 노려봤다. 머뭇거리던 황대수가 질문에 대답했다.

"그, 그렇소이다."

"그 조카 딸 이름이 은월이라 합니까?"

"은월이가 맞소이다."

"남편의 임지인 부안으로 내려가다가 종적을 감췄다고 들었습니다."

"차, 창피하지만 사실이외다."

황대수의 대답을 들은 김금원은 이운초를 바라봤다. 이운초가 고개를 끄덕거리자 김금원이 다시 황대수에게 물었다.

"조카 은월이 종적을 감춘 이유가 무엇입니까?"

"그, 그걸 내가 어찌 알겠소."

황대수의 변명을 들은 김금원이 손으로 경상을 세게 내리쳤다.

"은월이 혼인을 시켜달라고 찾아왔을 때는 모른 척하다가 갑자기 혼사를 추진한 연유가 무엇입니까?"

"나이가 차서 혼처를 알아본 것이외다."

"우리가 그걸 몰라서 물어본 거라고 생각합니까? 지금쯤이면 은월을 찾아냈을 겁니다. 만약 의금부에 끌려가서 심문을 받을 때 조금이라도 거짓이 있다면 그때는 목숨을 걱정해야 할 겁니다."

"대체 그 일이 왜 의금부까지 가야 한단 말인가?"

황대수가 손사래를 치며 말하자 듣고 있던 이운초가 혀를 차며 끼어들었다.

"우리가 아무것도 모르고 이 자리를 만들었다고 생각합니까? 정녕 무슨 생각으로 그런 어처구니없는 짓을 못 본 척한 겁니까?"

"어처구니없는 짓이라니? 나는 정말 모르는 일이야."

황대수의 계속된 변명에 짜증이 난 임혜랑이 소리쳤다.

"진짜 따끔하게 당해보고 얘기하고 싶어?"

분위기가 험악해지자 황대수는 냉큼 대답했다.

"아, 아닙니다. 사, 사실대로 말씀드리겠습니다. 어느 날, 은월이가 찾아와서 차마 입에 담을 수 없는 일을 겪었다고 털어놨습니다."


심 진사의 얘기를 들은 박순애가 물었다.

"낯선 여인의 목소리를 말입니까?"

"자기 귀로 똑똑히 들었다고 하더군. 아내는 잠귀도 밝고 소리를 잘 듣는 편이라서 말이야."

그때, 심 진사의 집과 붙어 있는 나정구의 집에서 여인의 비명이 들렸다. 그 소리를 들은 심 진사가 혀를 찼다.

"또 시작이군."

"이게 무슨 소리입니까?"

놀란 박순애의 물음에 심 진사가 고개를 저었다.

"몰라. 며칠 전부터 가끔 들리네."

비명이 다시 들렸다. 그러자 박순애가 심 진사를 바라봤다.

"통주니까 무슨 일인지 알아보셔야 하는 거 아닙니까?"

"내가 다섯 집을 묶어서 책임지는 통주라고는 하나 어찌 집안 일까지 간섭할 수 있겠는가?"

말은 그렇게 했지만 남의 일에 참견하고 싶지 않을 뿐더러 자기보다 훨씬 잘사는 집안에 시비를 걸고 싶지 않다는 마음이 표정으로 읽혔다. 다시 비명이 들리자 마음이 급해진 박순애는 서둘러 싸리문을 나와 옆집으로 향했다. 와룽모를 쓰면서 살펴봤는데 다행히 담장이 그다지 높아 보이지는 않았다. 뒷걸음질로 물러난 박순애가 엉거주춤 따라 나온 남자 종에게 말했다.

"얼른 관아로 뛰어가서 호방을 데리고 와요."

"아, 알겠소!"

남자 종이 뛰어가는 소리를 들은 박순애는 숨을 고른 다음 담장을 향해 뛰었다. 그리고 있는 힘껏 뛰어넘었다. 다행스럽게도 담장이 낮아서 아슬아슬하게 넘어갈 수 있었다. 바닥에 착지한 박순애는 뒤춤에 꽂은 편곤을 꺼내 들고 몸을 낮췄다. 스승이었던 노파가 항상 낯선 장소에 가면 방심하지 말고 싸울 준비를 하라는 말을 했기 때문이다. 집은 오른쪽에 안채, 그리고 왼쪽에 누각이 붙은 사랑채가 있었다. 각각 야트막한 담장으로 막아놨고, 사랑채 옆으로는 행랑채와 창고들이 보였다. 그녀가 뛰어든 소리를 들었는지 행랑채에서 누군가 모습을 드러냈다. 남자 종인 줄 알았는데 철릭 차림에 손에 환도를 들고 있었다. 그녀를 본 철릭 차림의 사내가 환도를 뽑아 들었다.

"누구냐! 여기가 어딘 줄 알고!"

철릭을 입은 사내의 외침에 박순애 역시 자세를 잡았다. 보통의 종이라면 낯선 자를 보고 이렇게 적대감을 드러낼 일은 없기 때문이다. 머리 위로 환도를 치켜든 상대방이 고함과 함께 덤벼들었다. 박순애는 편곤으로 날아드는 칼날을 쳐낸 다음 옆으로 빠져나왔다. 몸을 돌린 상대방의 발등을 내리치려고 했지만 상대가 펄쩍 뛰는 바람에 실패하고 말았다. 소리를 듣고 사랑채의 문이 열리고 몇 명이 더 뛰어나왔다. 하나같이 철릭을 입고 무기를 들었는데, 보통의 여염집 사내들과는 달랐다. 그중 당파창을 쥔 사내가 곧장 박순애에게 달려들었다. 훌쩍 뛰어서 당파창의 창날을 피한 박순애는 편곤으로 당파창의 창대를 후려치고는 안쪽으로 파고들었다. 창과 싸울 때는 안쪽을 파고들어야만 이길 수 있기 때문이다. 창대를 옆으로 쳐낸 박순애가 기합과 함께 편곤을 휘둘렀다.

"이얏!"

위에서 비스듬하게 떨어지는 편곤에 어깨를 맞은 사내는 비명과 함께 당파창을 떨어뜨렸다. 쓰러지려는 그의 뒤통수를 다시 편곤으로 후려친 박순애는 등 뒤에서 다가오는 석을 피하기 위해 담장 쪽으로 물러났다. 그 사이, 무기를 든 사내들이 박순애를 빙 둘러쌌다. 맨 처음 만난 환도를 든 사내는 왼쪽에 있었고, 앞에는 곤봉을 든 사내 둘, 그리고 오른쪽에는 등나무로 만든 등패를 든 사내가 공격할 기회만 노리고 있었다. 등패 때문에 가려져 있지만 다른 손에는 환도 아니면 표창을 들고 있을 게 뻔했다. 정체를 밝히라는 외침과 무기를 놓고 무릎을 꿇으라는 고함이 어지럽게 교차했다. 그 사이, 사랑채의 누각에서 창문이 열렸다. 그쪽을 바라보려는데 등패를 든 사내가 갑자기 표창을 던졌다. 어느 정도 예상을 했던 탓에 몸을 옆으로 기울여 피할 수 있었지만 그 틈에 곤방이 치고 들어왔다. 뒤로 물러났지만 곤방에 붙은 작은 창날에 허벅지가 찔리고 말았다.

"으윽!"

아픔을 느낄 사이도 없이 박순애는 편곤을 휘둘렀다. 픽 하는 소리와 함께 머리에 편곤을 맞은 사내가 곤방을 놓치고는 앞으로 쓰러졌다. 쓰러진 사내가 울컥하며 피를 토하자 나머지 사내들이 박순애를 향해 가만 놔두지 않겠다고 소리치며 거리를 좁혔다. 등패를 들고 있던 사내가 짧은 환도를 뽑아 들고는 옆구리를 노렸다. 가볍게 피한 박순애가 편곤을 내리치자 남자가 등

패로 막고는 황급히 뒤로 물러났다. 그때 생긴 틈을 이용해 포위망 밖으로 빠져나간 박순애는 사랑채 쪽으로 달렸다. 그러다가 누각에 서 있던 사내가 활을 들고 있는 걸 보았다. 달리던 박순애는 앞으로 한 바퀴 굴렀다. 머리 위로 스쳐 지나간 화살이 곤방을 들고 쫓아오던 사내의 어깨에 맞았다. 비명을 지른 사내가 주저앉는데 사방으로 피가 튀었다. 그 바람에 다른 사내들이 모두 걸음을 멈췄고, 박순애는 사랑채의 담장을 뛰어넘어 누각 아래 섰다. 망건만 쓴 맨상투에 도포를 대충 입은 남자는 까무잡잡하지만 차가운 기운을 풍기는 얼굴에 굽은 코를 가지고 있었다. 착실하게 글공부를 하기보다는 사냥을 좋아하는 왈짜나 무뢰배의 모습이었다. 상대방은 아무 말도 안 했지만 박순애는 대번에 그가 누군지 알아차렸다.

"나정구!"

활을 내려놓은 나정구가 기둥에 한 손을 짚은 채 그녀를 내려다봤다.

"어떤 놈이 월담을 했는지 궁금했는데 이제 보니 남장을 한 계집이로구나. 누가 보냈느냐?"

"그건 알 거 없고! 그녀를 내놓아라!"

"누구? 어쨌든 우리 집에 함부로 들어왔으니 곱게 돌려보내지는 못하지."

미친 사람처럼 웃던 나정구가 갑자기 왜검을 뽑아 들더니 누 각 아래로 뛰어내렸다. 뛰어내리면서 그대로 휘두른 왜검에 박 순애는 옆으로 몸을 피했지만 팔을 가볍게 베이고 말았다. 뒤로 물러난 박순애가 누각의 기둥을 등지고 바라보자 나정구가 다 시 두 손으로 왜검을 움켜잡았다. 뒤늦게 문을 열고 사내들이 들어왔지만 나정구가 한 손을 들어서 막았다.

"이년은 내가 처리한다. 가까이 오지 마라!"

황대수의 대답을 들은 김금원이 어이가 없다는 표정으로 노 려봤다.

"조카가 그런 험한 일을 당했으면 당장 관아에 고발을 해서 처벌을 받도록 했어야지요."

"아니, 그 일이 알려지면 우리 집안은 고개를 들고 다닐 수가 없어!"

"고작! 체통 때문에 조카가 겪은 고통을 무시한 겁니까!"

김금원의 호통에도 황대수는 집안의 체통 때문이라는 말을 반복했다. 그런 모습을 지켜보던 김금원은 가볍게 한숨을 쉬었 다.

"정작 조카가 와서 혼인을 부탁할 때는 그렇게 무시하더니, 큰일을 겪고 나서는 마음을 추스를 시간도 주지 않고 그리 서둘러 혼인을 시킨 이유가 무엇입니까?"

"그, 그거야 은월이가 하루빨리 그 집에서 벗어나고 싶다고 해서 그랬지."

"그 방법이 꼭 혼인만은 아니지 않습니까? 그리고 지금, 애초에는 무시했다가 갑자기 태도를 바꾼 이유를 묻고 있는 거 아닙니까!"

김금원의 호통에 황대수의 표정이 굳어졌다. 그런 황대수에게 임혜랑이 말했다.

"아까도 말했지만, 이미 다 알고 이 자리를 마련한 것이니 순순히 털어놓는 게 좋을 겁니다. 안 그러면 저들이 가만있지 않을 테니까요."

임혜랑의 말에 방 안에 있던 무뢰배 중 하나가 황대수의 등을 발로 밟았다. 어이쿠 하는 소리를 낸 황대수는 발길질을 한 무뢰배가 주먹을 치켜들자 두 손으로 얼굴을 감싸며 말했다.

"다, 다 말하지. 사실은……."

주저하던 황대수가 입을 열었다.

"은월이가 강간을 당하고 임신을 했네."

김금원은 말없이 동료 기생들을 바라봤다. 주먹을 불끈 쥔 박죽서가 황대수를 노려봤다.

"아이를 잉태했다는 걸 알면서도 혼인을 시키다니, 양반이 할

짓입니까?"

"호, 혼인도 하지 않고 아이를 낳았다고 하면 당사자는 물론이고 우리 집안 모두 큰일이라고 생각해서 서둘러 혼사를 치렀네. 그래야 그 아이도 살고, 우리 집안도 살지 않겠나?"

더듬거리며 변명을 하는 황대수를 말없이 보던 김금원이 손가락으로 경상을 두드렸다.

"그러니까 조카가 몹쓸 일을 당해서 서둘러 혼인을 하게 했다, 그것밖에는 잘못한 게 없다 이 말이지요?"

"맞네. 지금 돌이켜보면 욕심을 부릴 게 아니라 순리대로 했어야 했네. 그랬다면 오늘 이런 꼴은 겪지 않았겠지."

자조적인 황대수의 대답에 김금원이 경상의 서랍을 열면서 물었다.

"정녕 그것뿐입니까?"

"그, 그것뿐이라니?"

"임신한 상태에서 혼인을 했다가 나중에 그 사실이 발각되면 더 큰일이 벌어지지 않겠습니까? 듣기로는 당사자도 그게 염려되어서 아이를 낳은 뒤 혼인을 하고 싶어 한 것 같고, 혼인을 치르고 남편의 임지로 내려가는 중에도 병을 핑계로 한양으로 돌아가고자 했습니다. 그런데 그걸 막은 게 바로 당신 아닙니까?"

김금원의 추궁에 황대수는 아차 하는 표정을 지었다. 그걸 놓치지 않은 이운초가 매서운 눈으로 노려봤다.

"말끝마다 집안의 명예를 들먹거렸는데 임신을 한 조카를 시집보내버렸다가 들통이 나면 어찌 감당하려고 그랬습니까?"

"일단 출가를 하면 그만이라고 생각했네. 내 생각이 짧았어."

"그럼 이건 무엇입니까?"

김금원이 서랍에서 종이를 꺼내더니, 엎드려 있는 황대수 앞에 던졌다.

나정구가 휘두른 왜검이 와룡모의 모서리를 베어버렸다. 조각난 와룡모를 벗어던진 박순애는 편곤을 움켜쥐었다. 아무래도 휴대를 위해서 짧게 만든 것이라 칼날이 긴 왜검을 상대하기에는 많이 부족했다. 거기다 나정구는 왜검을 능숙하게 다뤘다. 나정구가 휘두른 왜검을 피한 박순애는 누각 아래로 들어갔다. 누각을 지탱하기 위해 초석들이 촘촘하게 있어서 상대적으로 긴 왜검을 피할 수 있으리라 생각한 것이다. 하지만 나정구는 개의치 않고 누각 아래 공간으로 들어섰다.

"이런 곳으로 온다고 내 칼날을 피할 줄 아느냐? 누가 보냈는지 고하면 살려는 주겠노라."

누각 아래로 들어간 박순애에게 소리를 친 나정구는 왜검을 고쳐 잡았다. 손잡이 위쪽 칼날 부분을 가죽으로 감싸고 한 손으로 그곳을 잡아 양손으로 왜검을 쥔 나정구는 마치 창처럼 검을 찔러댔다. 기둥 사이로 이리저리 피하던 박순애는 다시 어깨를 살짝 찔렸다. 따끔한 아픔을 느낀 박순애가 안쪽으로 더 물러나자 나정구는 미친 사람처럼 웃었다.

"그래, 감히 내 집으로 들어온 이유가 뭔지 궁금하구나?"

상황이 불리한 박순애는 입을 굳게 다문 채 공격할 틈을 노렸다. 하지만 편곤 역시 상대를 공격하기 위해서는 휘두를 공간이 필요했다. 낮고 사방에 기둥이 있는 누각 아래는 편곤을 휘두를 만한 공간이 나오지 않았다. 입술을 질끈 깨문 박순애는 징그러운 웃음을 남기며 다가오는 나정구를 노려봤다. 밖으로 나가면 더 불리할 게 뻔했기 때문에 이 안에서 답을 찾아야만 했다. 그러다가 문득 발밑이 푹 파이는 걸 느꼈다. 살짝 고개를 내리자 미투리를 신은 발아래에 흙더미와 나뭇잎이 잔뜩 있는 게 보였다. 아마 사랑채 앞을 쓸던 종이 눈에 안 보이는 누각 아래로 밀어 넣은 것 같았다. 거리를 가늠한 박순애는 마지막 일격을 가하기 위해 다가오던 나정구를 향해 힘껏 발길질을 했다. 순식간에 흙과 나뭇잎이 날아들자 당황한 나정구는 손으로 눈을 가리며 뒤로 물러났다.

"젠장!"

박순애는 그 틈을 놓치지 않고 몸을 낮춘 채 몰래 다가갔다.

한 손으로 눈을 가린 나정구가 왜검을 옆으로 휘둘렀지만 그 아래로 빠져나간 박순애는 편곤으로 상대방의 정강이를 후려쳤다. 퍽 하는 소리와 함께 균형을 잃은 나정구가 앞으로 쓰러졌다. 박순애는 한 손으로 상대방의 상투를 잡고 편곤으로 어깨와 얼굴을 정신없이 내리쳤다. 피가 사방으로 튀면서 누각의 기둥에 흩뿌려졌다. 정신없이 내리치던 박순애는 상대방이 축 늘어지자 상투를 잡고 질질 끌고 나왔다. 누각 앞에서 내팽개치자 먼발치서 지켜보던 사내들이 서둘러 문밖으로 도망쳤다. 얼굴과 목덜미에 묻은 피를 손등으로 훔쳐내며 닦는데 안채 쪽의 문이 열리더니 치마저고리 차림의 여인이 모습을 드러냈다. 사라진 은월인 줄 알았는데 나이가 더 들어 보였다. 옆에 선 어린 계집종이 겁먹은 표정으로 박순애를 바라봤다. 놀란 여인이 피투성이가 되어서 쓰러진 나정구와 그녀를 번갈아 봤다.

"대체 누구기에 남편을 이리 박살 낸 것이냐!"

박순애는 쓰러진 나정구를 내려다보면서 물었다.

"이 집에 혹시 여인이 한 명 더 있습니까?"

"여, 여인이라니?"

눈을 부릅뜬 나정구의 부인 옆에 있던 계집종이 반응을 보였다. 두 사람이 있는 곳으로 성큼성큼 다가간 박순애가 피 묻은 편곤을 어깨에 걸쳤다. 놀란 나정구의 부인이 뒷걸음질 쳤다.

"며칠 전에 왔을 겁니다. 이름은 은월이고요."

"나, 나는 모르는……."

"저기 쓰러진 댁의 남편께서 그 아가씨를 강간한 것 같습니다. 둘은 피 한 방울 안 섞이기는 했지만 남매이기도 합니다. 이 사실이 알려지면 강상의 법도를 어긴 죄로 이 집안은 풍비박산이 날 겁니다. 조금이라도 죄를 덜고 싶다면 아는 대로 말하십시오."

박순애의 으름장에 놀랐는지 나정구의 부인은 아무 말도 못 하고 눈만 껌뻑거렸다. 그때 치맛자락을 붙잡고 있던 계집종이 고개를 돌려 안채 뒤쪽을 봤다. 사방을 널빤지로 두른 한 칸짜리 광이 보였다. 계집종에게 최대한 작게 고개를 끄덕거려서 고맙다는 뜻을 남긴 박순애가 곧장 그곳으로 걸어갔다. 놀란 나정구의 부인이 쫓아왔다. 박순애는 굳게 채워진 자물쇠를 편곤으로 내리쳤다. 쾅 하는 소리와 함께 자물쇠와 연결된 쇠사슬이 끊어졌다. 빗장을 벗기고 문을 열자 구석에 쪼그리고 앉은 여인이 보였다. 소리를 듣고 놀랐는지 고개를 든 그녀의 얼굴은 눈물로 범벅이 되어 있었다. 눈물로 얼룩져 있지만 고상하고 차분하다는 느낌이 들었다. 박순애는 그녀에게 물었다.

"이름이 은월 맞습니까?"

그러자 그녀는 처음에는 천천히, 그리고 나중에는 필사적으로 고개를 끄덕거렸다.

"내가 은월일세."

자세히 보니 입술은 부르텄고, 얼굴 여기저기에 상처가 보였다. 처음에는 나정구가 상처를 낸 줄 알았는데 그러기에는 이곳과 나정구가 있던 사랑채의 거리가 너무 멀었다. 그 순간, 박순애는 누가 그녀를 때려서 비명을 지르게 했는지 알아차렸다. 고개를 돌린 그녀가 쫓아온 나정구의 부인을 노려봤다. 불타는 듯한 박순애의 시선에 나정구의 부인이 눈길을 딴 곳으로 돌렸다.

"어떤 사연이 있는 줄 모르셨습니까?"

"듣기는 들었네만."

"같은 여자로서 돕지는 못할망정!"

"돕긴 내가 왜 도와! 남편에게 꼬리를 친 것을!"

박순애는 앙칼지게 외치는 나정구의 부인에게 편곤을 휘둘렀다. 놀란 부인이 편곤을 피하려고 뒷걸음질 치다가 치마를 밟고 넘어지고 말았다.

"생각 같아서는 편곤으로 얼굴을 으깨주고 싶지만 참겠습니다. 하지만 은월 아씨를 방으로 데리고 가서 이제부터라도 잘 모시지 않으면 다시는 남편이나 가족들 앞에 얼굴을 못 들게 만들어드리죠."

"어찌 감히 나한테!"

"포도청 다모가 어떤 존재인지 모르나본데, 이 편곤은 포도 대장한테 직접 받은 겁니다. 필요하면 이걸로 누구를 박살 내도 처벌받지 않는다는 얘깁니다."

물론 사실이 아니었지만 소문이 그렇게 돌아서 사실이라고 믿는 사람들이 많았다. 그게 도움이 되기도 해서 박순애는 모른 척하고 다녔다. 나정구의 부인도 그 얘기를 사실이라고 믿었는지 겁을 먹었다. 계집종의 부축을 받으며 일어난 나정구의 부인이 파랗게 질린 얼굴로 말했다.

"알겠네. 알겠으니까 그 흉악한 것 좀 치우게."

그때, 광에 갇혀 있던 은월이 비틀거리며 밖으로 나왔다.

"자넨 누군가?"

"우포도청 다모 박순애라고 합니다. 아씨가 사라져서 찾고 있었습니다."

"내가 그럴 만한 사람인가?"

자조적인 그녀의 대답에 박순애는 왈칵 눈물이 고였다.

"이제 걱정 마십시오."

"날 좀 부축해줄 수 있는가?"

"물론이죠. 그런데 여기서 잠시 계시다가 움직이는 게⋯⋯."

박순애의 말에 그녀가 딱 잘라 말했다.

"여긴, 한순간도 더 있고 싶지 않아."

무슨 뜻인지 알아차린 박순애가 편곤을 뒤춤에 끼우고 손을 내밀었다. 초췌한 표정의 은월이 그녀가 내민 손을 잡았다. 그리고 다른 한 손으로 아랫배를 감쌌다. 그제야 박순애는 은월의 아랫배를 보았다. 박순애의 시선을 본 은월이 텅 빈 한숨을 쉬었다.

"어디서부터 잘못되었나 모르겠어."

"아씨 탓은 아닙니다. 그러니."

"앞으로 내 탓이 되겠지. 몸가짐을 제대로 하지 못했다고 말이야."

그녀의 말이 딱히 틀리지 않았기 때문에 박순애는 아무 대답도 하지 못했다. 끙 하는 신음을 내며 일어난 은월이 눈물을 글썽거렸다.

"나정구에게 당했을 때 혀를 깨물고 자진을 했어야 했어. 그런데 살고 싶어서 차마 질긴 목숨을 끊지 못했지."

"갑자기 종적을 감춰서 다들 놀랐습니다. 그나저나 광에는 왜 갇혀 있었던 겁니까?"

"나정구의 부인이 가뒀네. 하긴, 남편 아이를 밴 여인이 불쑥 찾아오니 좋은 기분이 들지는 않았겠지."

"그렇다고 해도 아이를 잉태할 줄 알면서도 광에 가두고 매질을 하다니요."

"처음에는 대접이 나쁘지 않았네. 그런데, 아이를 낙태시키라며 준 약을 마시지 않자 태도가 돌변한 거지."

"아산의 역참에서 여기까지 오신 겁니까?"

"방법이 없었어. 임신했다는 걸 알게 된 이후에 어떻게든 혼인을 미루고 싶었네. 아니, 시집갈 생각이 사라졌어. 그런데 큰아버지가 억지로 혼사를 치르게 했지. 그렇다면 나 혼자 한양에 남아서 아이를 낳은 뒤에 내려가겠다고 했지만 들어주지 않았지. 내려가는 길에 자꾸 배가 불러오는 게 느껴졌어. 그대로 가다간 돌이킬 수 없을 것 같아서 중간에도 병을 핑계 삼아 한양으로 돌아가려고 했었어."

"그런데 큰아버지가 막은 겁니까?"

박순애의 물음에 은월이 고개를 끄덕거렸다.

"안 된다고, 무조건 남편을 따라가라고 억지를 부렸어. 결국, 어쩔 수 없이 아산의 역참에서 아무도 몰래 새벽에 빠져나왔지. 그런데 갈 곳이 없었어. 누구에게도 사정을 밝힐 수 없는 노릇이라, 아무리 망나니라 해도 자신의 아이는 무사히 낳을 수 있게 돌봐줄 것이라 여기고 이곳을 찾을 수밖에 없었네."

"몸종인 분례가 몹시 걱정했습니다."

"같이 움직일까 고민했지만 그랬다가는 그 아이까지 고생을 시킬 것 같아서 말이야."

이야기를 들은 박순애는 치밀어 오르는 화를 가라앉히지 못하고 은월을 잠깐 툇마루에 앉혀놓고는 안채의 문을 열어젖혔다. 그러고는 안채의 가구들을 편곤으로 박살 내버렸다. 뒤늦게 정신을 차린 나정구의 부인이 나타났지만 박순애의 살벌한 모습에 벌벌 떨기만 했다. 마지막으로 경대를 편곤으로 내리쳐서 부순 박순애가 나오자 은월이 그 모습을 보고 웃었다.

"한성깔 하는군."

"그래서 다모가 되었습니다. 수틀리면 마음껏 두들겨 팰 수 있으니까요."

"이 나라에서는 살기 힘든 성격이네."

박순애는 아무 말도 하지 못한 채 그녀에게 손을 내밀었다. 앉아 있던 은월이 손을 내밀어서 그녀가 내민 손을 굳게 잡았다.


엎드린 채 벌벌 떨고 있던 황대수는 눈앞에 던져진 종이를 보고는 표정이 변했다.

"이, 이건."

황대수가 고개를 들자 김금원이 말했다.

"당신이 장예원에 제출한 노비 소송 문서입니다. 덕철이라는 노비의 소유권을 주장하기 위해 송사를 했죠?"

"이걸 어떻게?"

"송사를 맡긴 외지부에게서 얻었습니다.

"이런, 나쁜⋯⋯."

얼굴을 일그러뜨리는 황대수의 모습에 동료들이 코웃음을 치는 걸 본 김금원이 입을 열었다.

"처음에 사건에 대한 얘기를 들었을 때 여러 가지 의문이 들었죠. 집안의 체통에 목숨을 거는 분이 어떻게든 일을 무마하려는 조카를 훼방놓았으니까요. 결국 당신 때문에 조카는 견디지 못하고 도망쳐야만 했습니다. 설사 일이 무마된다고 해도 조카는 처벌당하거나 아니면 최소한 관노로 끌려가게 될 게 뻔했습니다. 그래서 다른 의도가 있는 게 아닐까 하는 의문이 들었답니다."

"그 노비는 내 거였어. 아버지가 나에게 물려줬단 말이야."

황대수의 대꾸에 박죽서가 혀를 찼다.

"하지만 동생에게 넘긴 건 당신이었어요. 당신이 넘긴 덕철이가 황해도로 가서 광산으로 크게 성공하니까 배가 아파서 이 일을 꾸민 거 아닙니까?"

"배가 아프다니! 당연히 내 거였다고. 동생이면 당연히 형님을 위할 줄 알아야지!"

김금원은 황대수의 대답을 듣고는 차갑게 대꾸했다.

"그래서 동생이 죽자마자 장예원에 소송을 한 겁니까? 하지만 동생의 분재기에는 덕철이는 반드시 딸에게 상속하라고 적혀 있었기에 패소했지요."

"외지부 녀석이 조금만 똑똑했어도 내가 이겼을 거야."

"그래서 그런 사특한 방법으로 덕철이를 차지하려고 했습니까?"

"사특한 방법이라니?"

황대수의 반문에 김금원이 또다시 경상을 내리치며 호통을 쳤다.

"우리가 모를 줄 알았습니까?"

"모르다니? 무엇을 말인가?"

"조카의 새어머니와 손을 잡고 강간을 사주한 것 말입니다."

김금원의 얘기에 황대수의 표정이 굳어졌다.

"내, 내가 어찌 그런 짓을 사주하겠는가? 말도 안 되는 억지 부리지 말게."

"처음에 사연을 들었을 때 궁금했던 게 있었죠. 전처의 딸이 아무리 밉다고 해도 왜 새어머니가 자기 아들이 천륜을 어기도록 지켜보고만 있었는지 말입니다. 만에 하나 그 사실이 알려진다면 집안 망신은 둘째 치고 국법에 의해 엄한 처벌을 받을 게 불 보듯 뻔한데 말입니다."

얘기를 마친 김금원이 임혜랑을 봤다. 임혜랑이 부채를 가볍게 펼치면서 얘기를 이어갔다.

"외지부까지 내세워서 덕철이라는 부자노비를 물려받기 위해 장예원에 소송을 걸었지만 실패했지요. 이 일을 알게 되자 조카가 집을 드나들면서 혼처를 알아봐달라고 했을 때에도 당신이 냉담하게 거절한 게 이해가 갔습니다. 만약 혼인을 하면 그 노비를 혼수로 데리고 갈 테니까요."

바닥에 엎드린 황대수는 아무 대답도 하지 못하고 씨근덕거리기만 했다. 그런 황대수를 싸늘한 눈으로 내려다보던 김금원이 입을 열었다.

"당신은 동생이 재혼한 완산당을 사주해서 망나니짓을 하는 아들로 하여금 조카를 강간하게 만들었지요. 그러고는 조카가 자신이 당한 일을 말하자 그제야 혼사를 추진했어요. 그래야만 조카를 파렴치한 여인으로 몰아 처벌을 받게 하고, 덕철이를 손에 넣을 수 있었으니까요."

"말도 안 되는 소리! 증거가 있는가? 증거도 없이 양반을 이리 핍박한다는 걸 알면 큰 곤욕을 치를 것이야!"

수염을 부르르 떨면서 얘기하는 황대수를 본 김금원이 가볍게 웃었다.

"그럼 완산당과 대질을 하면 되겠군요."

"뭐야!"

"먼저 자복하는 자의 죄를 경감해주겠다고 하면 과연 완산당
은 어찌 나올까요? 아마 완산당은 자기 아들을 지키기 위해서라
도 당신이 모든 것을 꾸몄다고 할 겁니다."

"말도 안 되는 소리! 나는 그냥……."

"명색이 글을 읽는 선비라면서 재산에 눈이 어두워 조카를 핍
박하다니……. 말끝마다 명예니 체통이니 했지만 정작 그걸 짓
밟은 건 당신 자신입니다. 이제 그 죄를 달게 받을 시간입니다."

김금원의 말에 황대수는 식은땀을 흘리며 고개를 저었다.

"간교한 조방꾼에게 이끌려 이런 봉변을 당했지만 나는 정녕
죄가 없네."

황대수의 변명에 김금원이 혀를 찼다.

"할 수 없지요. 지금쯤이면 우포도청의 다모가 양주에서 은월
이를 찾았을 겁니다."

"은월이를 찾았다고?"

김금원이 벌벌 떠는 황대수에게 말했다.

"한양으로 오는 대로 진실을 털어놓겠지요. 그러면 당신은 어
차피 파멸입니다. 아! 완산당을 찾아가서 아들의 죄를 조금이
나마 덜 수 있는 길이 있다고 하면 두 번 생각하지는 않을 겁니
다."

김금원의 압박에 결국 황대수가 울음을 터트렸다.

"대체 내가 어찌하면 되겠는가?"

"이 길로 즉시 우포도청을 찾아가서 죄를 자복하고 처벌을 기다리십시오. 만약 도망치거나 딴짓을 한다면 우포도청 소속의 다모를 보내서 어떻게든 당신을 찾아낼 겁니다."

"아, 알겠네."

정신이 반쯤 나간 황대수가 눈물 콧물이 범벅된 얼굴로 고개를 끄덕거리며 대답하자 김금원이 조용히 한숨을 쉬었다. 그런 김금원에게 친구인 박죽서가 낮은 목소리로 얘기했다.

"수고했어."


몇 달 후, 박순애는 와룽모를 쓰고 군기시(軍器寺, 조선 시대 화약을 비롯한 각종 무기를 제조하던 공장. 현재의 서울시청 자리에 위치해 있었으며 앞의 공터에서 처형이 집행되기도 했다) 앞에 서 있었다. 김금원을 비롯한 삼호정시사의 회원들도 장옷을 뒤집어쓴 채 구경꾼들 사이에 서 있었다. 박순애가 양주의 나정구 집에 있던 은월을 구출해서 한양에 도착하기 전, 황대수가 우포도청으로 직접 가서 자백을 했다. 동생 소유의 부유한 노비를 손에 넣기 위해 조카가 강간당했다는 사실을 알고도 모른 척했다는 내용이었다. 하지만 뒤에 붙잡혀온 완산당은 오히려 황대수가 자신에게 조카를 강간해달라는 부탁을 했다고 자백하면서 큰 파장이 일어났다. 황대수는 그런 적이 없다고 발뺌을 했지만 어쨌든 조카가 몹쓸 일을 당했는데도 무시하고 혼사를 치르게 했다는 죄목은 벗을 수 없었다. 조정까지 사건이 보고되면서 의금부에서 조사를 맡았다. 주로 역모 사건을 다루지만 강상과 관련된 사건도 다루기 때문이다. 의금부의 혹독한 문초가 이루어졌다. 그리고 그 결과 황대수가 주범임이 밝혀졌다. 그가 먼저 완산댁을 찾아가 제안을 했다는 것이 밝혀진 것이다. 조카가 자결하거나 처벌을 받으면 자연스럽게 부유한 노비를 차지할 수 있다고 계산하면서 벌인 짓이었다. 결국, 이번 사건의 배후 인물인 황대수와 양반집 처자를 강간하고 임신시킨 나정구는 군기시 앞에서 참형에 처해졌다. 아들을 부추겨서 범죄를 저지르게 유도한 완산댁은 곤장 백대에 천 리 밖으로 유배형이 내렸다. 박순애는 의금부의 나장들이 완산댁에게 혹독하게 매질을 해서 결코 살려두지 않을 것이라는 소문을 들었다. 이런저런 생각에 잠겨 있는 사이, 사형 집행이 시작되었다. 상투가 풀어 헤쳐진 채 얼굴에 회가 뿌려진 사형수들이 줄줄이 끌려 나왔다. 귀 뒤에는 관이라고 불리는 화살이 꿰어져 있었는데 귀를 한 번 접고 화살을 찔러서 등 뒤로 나오게 찌른 것이다. 양쪽 귀에 교차해 꽂아서 사형수는 고개를 돌리거나 숙이지 못했다. 처형당할 사람은 모두 다섯 명이었는데 저고리가 모두 풀어 헤쳐져 있었다. 황대수와 나정구는 첫 번째와 두 번째였다. 제일 먼저 끌려온 황대수는 필사적으로 눈을 뜨려고 했지만 얼굴에 묻은 회 때문에 실패하고 말았다. 그사이, 까치등거리를 입은 나장 한 명이 황대수의 상투를 풀어서 새끼줄에 묶었다. 그 새끼줄은 도르래와 연결된 장대와 이어졌다. 나장이 줄을 당기자 상투가 묶인 황대수는 거적 위로 넘어졌다. 다른 나장 하나가 목침을 가져다놓고 그 위에 황대수를 엎드리게 했다. 결박당한 상태에 귀에 관이까지 꿰어진 황대수는 꼼짝도 못 했다. 그 사이에 웃통을 벗은 망나니가 커다란 월도를 들고 모습을 드러냈다. 주변에 빼곡하게 모인 구경꾼들이 조용히 지켜보는 가운데 망나니가 단숨에 월도를 내리쳤다. 월도의 칼날은 목침에 그대로 박혔고, 황대수의 머리는 잘린 채 바닥을 뒹굴었다. 망태기를 들고 서 있던 의금부의 관노가 서둘러 재를 뿌렸다. 나장이 장대의 도르래와 연결된 밧줄을 당기자 황대수의 잘린 목이 천천히 장대를 타고 올라갔다. 눈앞에서 그걸 본 나정구는 뒷걸음질을 치면서 버텼다. 하지만 나장이 휘두른 육모 방망이에 머리를 맞고는 그대로 무릎을 꿇었다. 그리고 나장의 발길질에 걷어차여서 앞으로 쓰러지고 말았다. 그 역시 머리가 새끼줄에 묶인 채 목침 위에 턱을 괴고 엎드려야만 했다. 죽을 때까지 입을 다물고 있던 황대수와는 달리 나정구는 알아들을 수 없는 말을 하면서 울부짖었다. 하지만 망나니의 월도에 목이 잘리자 곧 아무 소리도 들리지 않았다. 장대에 올려진 나정구의 목이 황대수의 목 옆에 매달렸다.

두 사람의 죽음을 말없이 지켜본 박순애가 돌아섰다. 그러자 김금원이 장옷을 들추며 물었다.

"가보려고?"

박순애가 대답 대신 고개를 끄덕거리자 김금원이 작은 주머니를 하나 쥐어줬다.

"뭡니까?"

"나와 동무들이 내놓은 패물일세. 만나면 전해주게."

"이런 게 필요하겠습니까?"

착 가라앉은 박순애의 목소리에 김금원 옆에 있던 이운초가 대답했다.

"더없이 필요할 게야. 그러니까 꼭 건네주게."

주저하던 그녀는 이운초의 얘기를 듣고는 주머니를 챙겼다. 그 모습을 본 김금원이 말했다.

"우리가 언제 모임을 여는지 알지? 도움이 필요하면 들리게나."

"알겠습니다. 이번 일은 여러분 도움이 아니었으면 못 풀어냈을 겁니다."

양주에서 한양으로 올라온 은월이 사실을 밝히기 위해 입을 열었을 수도 있지만, 집안의 명예를 지키기 위해 입을 다물었을 수도 있었다. 그랬다면 어떤 일이 벌어졌을지 상상만 해도 끔찍했다. 그런 박순애에게 김금원이 말했다.

"우리가 정탐偵探을 하는 이유이기도 하지."

"억울한 사람이 없도록 말입니까?"

박순애의 물음에 김금원이 동료들과 한 번씩 눈을 마주쳤다. 그리고 힘차게 고개를 끄덕거렸다.

"대개 억울한 사람들은 힘이 없거나 여성이기 때문이지. 나라나 법이 지켜줄 수 없다면 우리라도 나설 수밖에 없잖아."

김금원의 얘기를 들은 박순애는 비로소 전직 다모인 노파가 그녀들을 찾아가보라고 한 이유를 깨달았다. 이들은 단순히 유희나 호기심이 아니라 책임감으로 사건을 해결하려고 조언을 했다. 고맙다는 말을 남긴 박순애는 패물이 든 주머니를 챙겨서 숭례문으로 향했다. 숭례문을 나온 그녀는 곧장 경강으로 향했다. 그녀가 걷는 동안 주변으로 수많은 사람이 오고 갔다. 경강에 도착한 상품들을 한양으로 가져가서 파는 중간 상인인 중도아부터 쪽지게에 팔 물건을 올려놓고 힘겹게 걷는 보부상, 소등에 산더미 같은 장작을 올려놓고 발걸음을 서두르는 나무꾼들이 각자의 사연을 품에 안은 채 길을 걸었다. 박순애는 어린

시절 아버지의 손을 잡고 길을 걸었을 때를 떠올렸다. 희미하고
아련한 기억이었지만 웃음이 끊이지 않았다. 지금은 그 길을 우
포도청의 다모로서 걷고 있었다. 비록 미천한 관노였지만 사람
들의 억울함을 해결해주고, 나쁜 사람들을 처벌할 수 있다는 사
실에 어느 정도 만족했다. 이런저런 생각을 하면서 걷는 사이
나루터가 보였다. 경강을 건너서 남쪽으로 가는 나루터들은 군
졸들이 지키고 있었다. 도망치는 노비들과 수상한 사람들을 살
펴보기 위해서였다. 군졸들이 있는 오두막 옆에는 장옷을 어깨
에 두른 은월과 몸종 분례가 보였다. 둘 다 바위에 앉아 있었는
데 와룽모를 쓴 그녀가 나타나자 분례가 은월에게 귓속말을 했
다. 은월이 분례의 부축을 받으며 일어났다. 아랫배는 예전에 봤
을 때보다 더 부풀어 있었다. 박순애가 다가가자 은월이 아랫배
를 내려다봤다.

"어제부터는 발로 차더군."

"먼 길을 떠나야 하는데 괜찮겠습니까?"

"어쩔 수 없지. 죽지 않은 게 어딘가."

말은 그렇게 했지만 살아났다는 기쁨은 전혀 느껴지지 않았
다. 사건을 한창 조사 중일 때 가장 큰 피해자인 은월 역시 조사
의 대상자이자 죄인이었다. 친부와 친모가 모두 죽고, 새어머니
에게 의탁해야만 했던 상황은 깔끔하게 무시되었다. 그저 양반

댁 규수로서 제대로 몸을 지키지 못한 죄인이었을 뿐이다. 그나마 상황이 나아진 것은 몸종인 분례가 올린 상소문 덕분이었다. 그녀가 어떻게 나정구에게 강간을 당했고, 그 후에 어떻게 대처했는지를 아주 상세하게 적은 것이었다. 벗어나기 위해 최선을 다했지만 큰아버지인 황대수의 방해로 수포로 돌아갔고, 결국 야반도주를 할 수밖에 없었다고 호소했다. 주인을 지키기 위한 분례의 상소문 덕분인지 사형 판결 대신 변방의 관노로 보내라는 명령이 내려졌다. 박순애는 분례가 똑똑하고 자기 주인을 잘 알고 있다고 생각했지만 어떻게 그런 상소문을 썼는지는 의문이었다. 아마 삼호정 시회 회원들의 도움이 있지 않았을까 막연하게 추측했지만 더 묻지 않기로 했다. 박순애는 은월의 손을 꼭 잡았다.

"힘들고 어려우실 겁니다. 그래도 꾹 참고 견디십시오. 얼마 지나지 않아 풀려날 수 있으실 겁니다."

"나보다는 분례가 더 걱정이지. 그 멀리까지 날 따라가겠다고 하니 말이야."

은월의 시선이 닿자 보따리를 든 분례가 힘주어 말했다.

"아씨 옆에는 제가 있어야지요. 거기다 내려가자마자 해산을 하셔야 하지 않습니까?"

분례의 얘기를 들은 은월이 조심스럽게 박순애를 바라봤다.

"처형이 오늘이라고 들었네."

"방금 보고 왔습니다. 둘 다 군기시에 목이 매달렸습니다. 완산당은 곧장 백 대를 맞고 유배를 간다고 했는데 아마 살아서 의금부를 나가지는 못할 겁니다."

박순애는 은월이 통쾌하다는 표정 대신 씁쓸한 표정을 짓는 것을 보고 가슴이 아팠다. 그들이 설사 사지가 찢겨 죽는다고 한들 그녀의 상처와 고통이 사라지는 것은 아니기 때문이다. 애써 눈물을 참은 박순애가 소매에 넣은 주머니를 꺼내서 은월의 손에 쥐여주었다. 놀란 은월이 물었다.

"이게 무언가?"

"삼호정 시회의 회원들이 건네준 것입니다. 여비로 쓰시거나 필요한 때 요긴하게 쓰십시오."

"삼호정 시회라면 분례에게 상소문을 쓰도록 해준 분들 아닌가?"

"네. 사연을 들으시고 십시일반으로 모았다고 했습니다."

"내 어찌 이런 도움까지 받는단 말인가?"

박순애는 참았던 서러움에 눈물을 쏟으려는 그녀의 손을 꼭 붙잡았다.

"아씨 잘못은 하나도 없습니다. 그러니 내려가셔서 잘 버티셔야 합니다. 그래야 다시 돌아올 수 있지 않겠습니까?"

"그러겠네. 비록 아비는 나쁜 사람이었지만 배 속의 아이는 나에게만 의지하고 있으니 말일세."

얘기를 주고받는 사이, 나룻배가 떠난다는 외침이 들렸다. 보따리를 든 분례가 앞장서고, 아랫배가 잔뜩 부풀어 오른 은월이 박순애의 부축을 받으며 뒤를 따랐다. 박순애는 그녀를 호송할 의금부의 나장들에게 눈치껏 은 조각을 하나씩 건넸다. 잽싸게 챙긴 나장들이 누런 이빨을 드러내며 고맙다는 말을 남겼다. 은월과 분례를 태운 나룻배가 서서히 움직였다. 순식간에 거리가 멀어지는 나룻배를 보며 박순애는 착잡한 마음으로 돌아섰다. 그녀를 만나기 전까지 고민하고 있었던 문제를 해결하기로 마음먹은 것이다.

숭례문으로 들어선 박순애가 향한 곳은 의금부였다. 좌우 포도청이 일반적인 죄인들을 조사하고 처벌한다면 의금부는 왕명에 의해서 지목된 죄인을 다루는 곳이다. 그래서 왕부 혹은 조옥이라고도 불렀다. 주로 역모와 관련된 범죄를 다뤘고, 죄인들도 일반 백성들이 아니라 사대부나 관리, 종친들이 대부분이었다. 그리고 강상죄 역시 다뤘는데 노비가 주인을 해치거나 자식이 부모를 죽이는 일같이 인륜에 관한 문제도 의금부에서 직접 조사했다. 은월의 사건 역시 사대부가 조카를 핍박해서 재산을 가로채려 했던 사건이라 의금부에서 조사를 하고 처벌도 이뤄졌다. 중부 견평방에 있는 의금부는 운종가 한복판에 있는 사거리에 자리 잡고 있었다. 경복궁과 창덕궁 사이에 있었으며, 고위 관리들이 모여 사는 가회방과 안국방 근처이기도 했다. 많은 사람이 오가면서 존재감을 느낄 만한 위치였다. 맞은편에는 죄인들을 가두는 전옥서가 보였다. 마침, 죄인들이 오랏줄에 묶여서 비틀거리며 들어가는 게 보였다. 전옥서의 죄수들이 만든 짚신과 미투리는 품질이 좋아서 인기가 많았다. 아마 미투리전에 가서 짚신과 미투리를 만들고 술을 몇 잔 얻어 마시고 돌아가는 것 같았다. 죄인들이 모두 들어가고, 전옥서의 대문이 삐걱거리며 닫혔다. 잠시 멈춰 서서 그 광경을 지켜보던 박순애는 2층 누각으로 지어진 보신각을 지났다. 동서남북으로 지나갈 수 있는 누각의 2층에는 한양의 성문을 열고 닫는 것을 알려주는 종이 걸려 있었다. 누각의 한쪽 구석에는 한양의 화재를 진압하는 멸화군이 고개를 내밀고 사방을 살펴보는 중이었다. 의금부는 행랑 중간에 대문이 있는 다른 관청과는 달리 앞에 한 칸 크기의 행각이 세워져 있었다. 행각 안쪽의 대문에 당파창을 든 나장들이 서 있었다. 행각으로 들어선 그녀가 나장들에게 호패를 보여 줬다.

"우포도청 소속 다모 박순애입니다. 의금부에 갇힌 죄인을 살펴보러 왔습니다."

"누구?"

"완산당이라고 하는 여인입니다."

박순애의 얘기를 들은 나장 한 명이 아는 척을 했다.

"자기 의붓딸에게 몹쓸 짓을 한 계집 말인가? 천랑 옆에 있는 여옥사에 있을 걸세."

"고맙습니다."

나장이 쪽문으로 들어가라는 눈짓을 했다. 안으로 들어선 박순애는 세 갈래로 나눠진 길 중에 오른쪽 길을 걸었다. 가운데는 의금부의 관리들이 업무를 하는 당상대청이 있었다. 왼쪽에는 하급 관리들과 나장들이 머무는 공간이 있었고 오른쪽에는 죄인을 심문하는 공간인 천랑과 연못, 그리고 죄수를 가두는 옥사가 있었다.


천랑으로 들어가는 쪽문에도 나장이 지키고 있었지만 박순애가 용무를 얘기하자 말없이 비켜줬다. 옥사는 남자를 가두는 곳과 여자를 가두는 곳으로 나눠져 있었다. 상대적으로 여옥사의 크기가 작았다. 사람 키 높이의 담장에 둘러싸여 있었는데, 기와지붕을 얹어서 얼핏 보면 보통 집과 다를 바가 없었다. 하지만 벽과 기둥 대신 사람이 빠져나가지 못할 정도로 촘촘하게 굵은 기둥을 세워놓았다. 'ㄱ'자 형태의 여옥사에는 군데군데 여죄수들이 갇혀 있었다. 조사를 받는 여죄수들도 있었고, 장형을 맞는 죄수들도 이곳에 갇혀 있었다. 박순애는 여옥사를 지나면서 그녀를 찾았다. 그러고는 마침내 제일 마지막 칸에 갇혀 있는 완산댁을 발견했다. 구멍이 숭숭 난 치마에 저고리는 고름이 끊어져 있었다. 목에는 무거운 칼을 차고 있어서 앉은 모양새가 구부정했다. 목에 차는 칼은 남자들도 버거워할 정도로 무거워서 그녀의 고통은 두세 배 컸을 것이다. 인기척을 느낀 완산댁이 고개를 들었다. 터진 입술은 새까맣게 변했고, 얼굴도 상처투성이었다. 박순애를 알아본 완산댁이 이를 갈았다.

"네년 때문에 내 아들이 죽고, 우리 집안이 풍비박산이 나고 말았어!"

"맞아요. 오늘 아침에 아드님이 죽었습니다. 군기시 앞에서 황대수와 함께 나란히 목이 잘렸죠. 지금쯤이면 까마귀가 장대에 매달린 아드님의 눈을 다 쪼아 먹었을 겁니다."

"이년!"

완산댁이 울부짖자 박순애가 차갑게 말했다.

"고통스러우십니까?"

"당연하지. 네년을 찢어죽이고 싶을 정도로 고통스럽다."

"당신과 당신 아들 때문에 애꿎은 은월 아씨는 수백 배 더 고통을 받았습니다.”

“그 찢어죽일 년이 내 말만 잘 들었어도 그런 일은 없었어.”

“아, 물려받은 재산을 다 당신에게 건네주고 이상한 집안으로 시집을 보내려는 걸 그대로 감수했다면 말인가요?”

“내가 어미인데 시키는 대로 해야지.”

“어미 노릇을 해야 어미죠. 피 한 방울 안 섞였으면서 자기 욕심만 차리다니, 당신 아들이 왜 군기시 앞에서 목이 잘렸는지 알 것 같네요.”

“뭐라고? 내 아들은 착했어! 어미 말을 잘 듣는 착한 아이였다고! 네년이 누명을 씌워서 억울하게 죽은 거야. 아이고, 우리 아들 불쌍해서 어쩌나! 어미를 잘못 만나서 참담한 꼴을 겪다니.”

통곡하는 완산당을 보면서 박순애는 혀를 찼다. 완산당은 한 여인의 운명을 망쳐놓고도 눈곱만큼의 반성도 하지 않았다. 완산당이 핏발 선 눈으로 박순애를 노려봤다.

“내가 어떻게든 이곳을 나가서 네년에게 복수를 하고 말겠다. 우리 집안이 얼마나 대단한지 모르는 모양인데.”

“여기서 살아 나갈 일은 없을 겁니다.”

박순애가 딱 잘라 말하자 완산당의 표정이 굳어졌다.

“살아서 나가지 못하다니!”

"장형 백 대를 맞을 텐데요. 건장한 사내도 오십 대만 맞으면 저승길 문턱에 들어설 겁니다. 표정을 보니 믿는 구석이 있는 모양이군요."

완산당이 아무 말도 하지 않자 박순애가 말했다.

"친정에서 나장들에게 돈을 좀 쥐여주고 살살 때려달라고 부탁했다지요? 며칠 전에 매를 때릴 나장들이 교체되었습니다."

박순애의 말에 완산당의 얼굴에 두려움이 깃들었다. 그런 완산당을 뚫어지게 보던 박순애가 덧붙였다.

"그리고 이곳 의금부에서 당신이 어떤 죄를 저질렀는지 다 알고 있어요."

"그, 그래서!"

비로소 상황을 깨달은 완산당의 눈이 커졌다. 한쪽 무릎을 꿇고 완산당을 노려본 박순애가 덧붙였다.

"이곳 나장들은 물고를 내는 데는 이력이 나 있지요."

"무, 물고라니?"

"죄인이 문초를 받다가 죽는 걸 말합니다. 쉽게 말해서 죄인이 매를 맞다가 죽는 걸 의미하죠."

"아니야! 나는 어떻게든 버텨서 살아나갈 것이다!"

"장형이 어떤 건지 모르나본데, 제가 설명해드리죠. 아마 형은 천랑이라고, 심문을 받던 곳에서 행해질 겁니다. 가시면 열십자 형태의 형틀이 있을 겁니다. 나장들이 당신의 입에 재갈을 물릴 거고요. 비명을 듣기 싫어하니까요. 그리고 치마를 벗긴 다음 엎드린 형태 그대로 형틀에 묶을 겁니다. 그러고는 곤장으로 볼기, 그러니까 엉덩이를 때립니다. 만약 나장들이 고약하거나 재미를 더 보고 싶다면 치마뿐만 아니라 속곳까지 다 벗길지도 모르죠."

"서, 설마."

"속곳을 남겨놓더라도 좋아하지는 마십시오. 거기에 물을 뿌릴 거니까요. 물볼기는 그냥 볼기를 맞는 것보다 수백 배는 더 아프고 후유증이 큽니다. 물에 젖은 볼기에 곤장을 맞으면 살점이 뜯겨 나가거든요."

박순애의 얘기가 이어질수록 완산당의 표정은 굳어졌다.

"그리고 아마 나장들은 곤장을 세워서 칠 겁니다."

"왜?"

"그래야 뼈가 부러지니까요. 아마 엉덩이가 아니라 허리를 때리겠지요. 대부분 두세 번 맞으면 허리뼈가 부러지거든요. 그러면 정신이 온전한 상태에서 계속 매를 맞다가 죽을 겁니다. 억세게 운이 좋아서 살아난다고 해도 평생 일어나지 못할 겁니다. 똥오줌도 못 가릴 것이고, 정신은 온전할까 모르겠네요. 설사 살아난다고 해도 그 몸으로 천 리 길 유배를 떠나면 장독에 못 이겨 중간에 더 이상 못 갈 겁니다."

박순애의 말을 듣던 완산당이 입술을 꼭 깨물었다. 그걸 본 박순애가 차분하게 덧붙였다.

"아! 한 스무 대 정도 맞으면 정신을 잃을 겁니다. 그러니까 앞에서 한 얘기들은 잊어버리세요. 어차피 형틀에서 숨이 끊어질 테니까요."

완산당은 박순애의 얘기를 듣고는 입을 다물지 못했다. 비로소 공포감을 느낀 것이다.

"아니야! 그럴 리가 없어!"

미친 듯이 절규하는 완산당을 바라보던 박순애가 천천히 무릎을 폈다.

"아! 그다음도 말씀드려야겠군요. 당신이 의식을 잃고 죽으면 시신은 오작인의 몫이 됩니다. 아마 입고 계신 옷을 모두 벗겨버릴 겁니다. 시장에 내다 팔아야 하니까요. 그리고 시신은 광희문을 통해 밖으로 나가서 버려질 겁니다. 알몸으로 말이죠."

"안 돼! 그럴 수는 없어! 살려줘! 시키는 대로 다 할게. 제발 살려줘!"

완산당의 절규를 들은 박순애는 와룽모를 고쳐 쓰며 말했다.

"저승에 가서 먼저 죽은 아들과 함께 반성하십시오. 아, 좋은 소식도 있군요. 당신의 재산은 모두 은월 아씨에게 가게 될 겁니다."

"그게 무슨 소리야?"

"아들이 죽고, 당신의 원래 며느리는 친정으로 돌아갔으니까요. 은월 아씨가 당신 아들의 아이를 임신하고 있는 건 알고 있죠? 그 아이가 태어나면 당연히 재산을 상속받게 될 겁니다. 양주에 저택과 전답이 제법 있는 걸로 알고 있습니다만."

"며느리가 친정으로 갔다고?"

"네. 제가 협박을 좀 했습니다."

"뭣이라?"

"남편이 강상의 윤리를 어긴 죄로 처벌을 받게 되면 당신과 친정도 연좌될 수 있다고 했지요. 그러니까 뒤도 돌아보지 않고 떠나더군요."

박순애의 얘기를 들은 완산당은 억지로 코웃음을 쳤다.

"은월이 년도 관노 신세가 되었다는데 어림도 없지."

완산당의 마지막 반항에 박순애는 코웃음을 쳤다.

"순천으로 내려가지만 얼마 안 있어서 풀려날 겁니다. 아무도 그녀를 죄인이라고 생각하지 않으니까요."

하고 싶은 말을 모두 마친 박순애는 천천히 돌아섰다. 등 뒤에서는 칼을 쓴 완산당이 알 수 없는 말을 하면서 절규하는 중이었다. 밖으로 나가려던 박순애는 한 무리의 나장들과 마주쳤다.

떠들썩하게 지나가던 나장 중 한 명이 미친 듯이 절규하는 완산당을 보고 코웃음을 쳤다.

"이제 곧 저승 구경을 할 줄 알고 저러는 건가?"

그러자 다른 나장이 맞장구를 쳤다.

"우리 마누라가 사연을 듣더니 절대 살려두지 말라는구먼."

"암, 짐승도 하지 않을 짓을 하다니."

나장들을 스쳐 지나간 박순애는 잠시 걸음을 멈추고 하늘을 올려다봤다. 짙고 푸른 하늘은 지상의 죄악 따위는 지워버릴 정도로 아름다워 보였다. 와릉모를 눌러 쓴 박순애는 다시 발걸음을 옮겼다.


흐릿한 달빛이 삼호정을 비추는 가운데 이운초가 생황을 불었다. 그리고 거기에 맞춰서 박죽서가 낭랑한 목소리로 시를 읊었다.


꽃이 지는 봄은 첫 가을과 같네. 落花天氣似新秋

밤이 되니 은하수도 맑게 흐르네. 夜靜銀河淡欲流

한 많은 몸은 기러기만도 못한 신세. 却恨此身不如雁

몇 년 동안 고향 땅 원주에 가지 못하고 있네. 年年未得到原州

눈을 감고 시를 듣던 김금원이 물었다.

"멋진 시네. 제목은 정했어?"

"만춘으로 하기로 했어."

박죽서의 대답을 들은 김금원이 눈을 뜨며 대답했다.

"늦은 봄이라는 뜻이네."

"우리에게는 항상 봄만 있었잖아."

"하긴."

씁쓸하게 웃은 김금원에게 박죽서가 말했다.

"이러다 갑자기 겨울이 올까 두려워."

박죽서의 말에 김금원을 비롯해서 임혜랑과 이운초 모두 쓴 웃음을 지었다. 한번 오르면 평생 빠져나갈 수 없고, 자식까지 이어받아야 한다는 기생 명부인 기적에 올랐다가, 좋은 남자를 만나 운 좋게 소실이 되었다. 하지만 자신을 기적에서 빼준 남편이 세상을 떠나면 자신들을 눈엣가시처럼 여기는 본가 식구들에게 하루아침에 쫓겨날 것은 당연한 일이었다. 그러면 이렇게 삼호정에 모여서 웃고 떠드는 일은 꿈속처럼 아련한 추억이 될 터였다. 무거워진 분위기를 벗어나기 위해 김금원이 농담 같은 말을 박죽서에게 건넸다.

"다음 생애에 죽서와 함께 남자로 태어나면 어떨까? 형제나 혹은 친구로 시를 나누고 책상을 함께하면 좋겠군."

김금원의 말에 박죽서가 말없이 웃었다. 그리고 나머지 회원들도 따라서 웃었다. 웃음이 그친 후에 임혜랑이 김금원에게 물었다.

"언니, 우포도청의 다모가 다시 찾아올까요?"

"아마도."

"우리가 다모를 돕는 게 과연 옳은 일일까요?"

질문을 하는 임혜랑을 김금원이 바라봤다.

"우리가 돕지 못할 이유라도 있어?"

"모두를 다 도울 수는 없잖아요. 그리고 우리가 나서는 게 과연 옳은 일인지 모르겠어요."

풀이 죽은 임혜랑의 말에 이운초가 따뜻한 눈으로 바라봤다.

"누가 뭐라고 한소리 했구나."

"남편이요."

"뭐라고 하던가?"

"고민 같은 거 하지 않게 해주려고 했대요. 세상에 얼마나 많은 사건이 있고, 억울한 사연들이 있는데 그걸 일일이 다 돕지 못하면 그냥 모른 척하고 사는 게 좋대요."

임혜랑의 얘기를 들은 이운초가 김금원을 바라봤다. 부채를 펼친 김금원이 말했다.

"여자로 태어났다고 규방 깊숙이 들어앉아 여자의 길을 지키는 것이 옳은 것일까? 아니면 한미한 집안에서 태어났다고 세상에 이름을 남기는 것을 단념하고 분수대로 사는 것이 올바른 것일까? 우리는 남들과 다른 삶을 살아왔어. 그 과정에서 얼마나 많은 사람이 억울함에 눈물을 짓고, 희생당했는지 봐왔잖아. 나는 남편이 나를 기생 명단에서 빼주는 날, 결심했어. 죽는 날까지 억울한 사람들을 도우며 살기로 말이야. 우리가 시회를 만든 것도 풍류를 즐기기 위해서이기도 하지만 남들을 돕기 위한 것도 있었잖아."

김금원의 얘기를 들은 임혜랑이 홀가분한 표정을 지었다.

"제가 생각이 많았어요, 언니."

"좋은 일이지. 우리 일은 생각을 많이 해야 하잖아."

분위기가 다시 좋아지자 이운초가 말했다.

"오랜만에 금원이의 시나 한번 들어볼까?"

"뭘로 읊어볼까요? 스승님."

"망한양으로."

이운초의 얘기를 들은 김금원이 임혜랑을 바라봤다.

"저도 같이 하지요."

임혜랑은 옆에 있던 향비파를 잡았다. 그리고 기조각이라고 불리는 골무를 끼고 가볍게 현을 퉁겼다. 자세를 잡은 김금원이 낭랑한 목소리로 시를 읊었다.

한가롭기 부평초라 나그네길 일삼아 閑似浮萍事遠遊

승지 찾기 하 많은 날 쉴 줄 전연 모르네. 登臨多日不知休

그리는 마음 기꺼이 동류수를 따르거니 歸心欣逐東流水

한양의 저 세상도 모두 쉬이 다 보리라. 京落風烟早晚收

며느리의 죽음

박순애는 아침에 우포도청에 출근하자마자 살인 사건이 일어
났다는 소식을 들었다. 그것도 하필이면 경복궁 근처 인왕산 기
슭의 웃대였다. 그곳은 궁궐과 가까워 하급관리나 의원같이 중
인들이 모여 사는 곳이었다. 신고를 받은 종사관은 혹시나 죽은
사람이 궁궐에서 일하는 관리일까 걱정했다. 하지만 여인이라
는 얘기를 듣고는 한시름 덜었다는 표정으로 신임 포교와 박순
애에게 현장에 나가보라는 지시를 내렸다. 아버지의 입김으로
임명된 신임 포교는 시신을 봐야 한다는 사실에 겁부터 먹었다.

　"끔찍하구먼."

　참혹한 시신의 모습과 피비린내를 못 이기고, 결국 같이 온 포
교는 코를 감싸 쥔 채 밖으로 나가버렸다. 그런 포교의 뒷모습
을 한심한 눈으로 보던 박순애는 이불에 누워 있는 여인의 시신
을 내려다봤다. 여인은 눈도 감지 못한 채 죽음을 맞이했다. 넓
적한 얼굴에 이마가 튀어나온 여인은 마치 핏물 속에 누워 있는
것 같았다. 목과 가슴이 온통 피범벅이었고, 상처에서 흘러나온

피가 옷과 이불을 적시고 있었다. 죽은 장소는 안채였다. 웃대의
집들은 대개 작은 편이라서 안채와 사랑채의 구분이 애매했다.
웃대의 오르막길에 지어진 이 집도 대문을 열고 들어서면 바로
부엌과 행랑채가 있고, 그 옆으로 사랑채와 안채가 'ㅁ'자로 지
어진 형태였다. 좁고 긴 마당에는 평상이 하나 덩그러니 놓여
있었다. 살인은 안채에서 벌어졌다. 박순애는 선 채로 방 안을
돌아봤다. 병풍과 보료 같은 것들이 보였고, 구석에는 화장할 때
쓰는 거울 달린 경대가 보였다. 죽음이 갑작스럽게 들이닥친 듯
세간살이들이 어지럽게 널려 있었다. 넘어지거나 부서진 건 없
었고, 언뜻 보긴 했지만 사라진 것도 없는 것 같았다. 방 안을 살
펴보던 박순애는 다시 핏물 속에 누워 있는 여인을 봤다. 이불
에 누워 있는데다가 옷차림도 저고리 안에 입는 속적삼 차림이
었다. 다리 쪽은 이불에 덮여서 안 보였지만 다리속곳차림이 분
명했다. 다시 방 안 내부를 살펴본 박순애는 밖으로 나왔다. 툇
마루에 앉아서 덜덜 떨던 포교가 박순애가 나오자마자 질문 공
세를 퍼부었다.

"어떻게 된 거 같아?"

"일단 피해자 가족들을 만나 얘기를 나눠봐야겠습니다."

박순애의 말에 포교가 대문 옆 행랑채의 툇마루에 멍한 표정
으로 앉아 있던 남자를 가리켰다.

"저기가 남편일세."

머리에는 파리머리라고도 불리는 각진 평정건을 두르고 녹색 관복 허리에는 가느다란 띠를 두른 차림이었다.

"경아전(京衙前, 한양의 중앙관청에서 일하던 하급 관리)이군요."

"병조(兵曹, 조선 시대 군사 업무를 맡았던 관청)에 속한 경아전이라고 하더군."

"아무리 경아전이라고 해도 이런 집에서 살 수 있나요?"

"아버지도 경아전이었다고 하더군. 눈치껏 챙겼겠지."

포교가 찡그린 얼굴로 얘기했다. 죽은 여인의 남편은 옆에서 떠들어대거나 말거나 멍한 표정으로 앉아 있었다. 포교가 움직일 생각을 하지 않자 박순애가 잠깐 얘기를 나눠보겠다고 하고는 그쪽으로 걸어갔다. 그리고 경아전인 남편 앞에서 와룡모를 벗었다. 얼굴을 완전히 가리는 와룡모에 무관들이 입는 요선 철릭을 입고 있어서 남자인 줄로만 알았던지 힘없는 감탄사가 들렸다.

"어?"

"우포도청 소속 다모 박순애라고 합니다. 몇 가지 여쭤볼 게 있는데 괜찮으십니까?"

멍한 눈으로 바라보던 남편이 힘없이 고개를 끄덕거렸다.

"그럽시다."

"성함이랑 하시는 일이?"

"최빈이라고 하네. 병조에서 녹사로 일하고 있지."

"돌아가신 분은 부인이십니까?"

"이름은 박아지고 작년에 혼인을 했네."

최빈의 나이가 20대 중반으로 보였기 때문에 박순애가 고개를 갸웃거렸다. 그걸 본 최빈이 쓴웃음을 지었다.

"첫 번째 부인은 작년에 아이를 낳다가 죽었지. 지금 부인과는 올봄에 혼례를 치렀고."

"마지막으로 본 게 언제였습니까?"

"부인 말인가? 어제 숙직이라서 엊그제 아침에 본 게 마지막이었네."

"아! 그럼 오늘 아침에 돌아와서 목격하셨군요."

박순애의 물음에 최빈이 힘없이 고개를 끄덕거렸다.

"집에 돌아왔는데 문이 열려 있어서 이상하다 싶었지. 그래서 곧장 안방으로 들어갔는데……."

"그게 언제쯤이었습니까?"

"진시(辰時, 오전 7시부터 9시 사이)가 막 지났을 때였네. 금천교를 지나는데 경복궁 안에 있는 자격루(自擊漏, 세종 때 장영실이 만든 물시계)의 종이 울리는 걸 들었지."

고개를 떨군 최빈에게 잠시 시선을 뗀 박순애는 집을 돌아봤다. 분명 이 정도 규모라면 다른 가족이나 노비가 있을 법했는데 아무도 보이지 않았기 때문이다. 최빈에게 물어보려고 했는데 눈치 챘는지 먼저 말했다.

"데리고 있는 노비들은 모두 일을 보냈네. 그리고 어머님은 옆집으로 가셨고."

"옆집으로요?"

"아내의 시신을 보고 놀라서 쓰러지셨네. 잠깐 옆집에서 안정을 취하라고 했어. 일찍 출타하셨다가 막 돌아오는 길이셨네. 내가 비명을 지르자 밖에서 들어오셨지."

"그럼 어머님이나 노비들이 죽기 전 부인을 마지막으로 봤겠군요."

"아내의 시신을 보자마자 나는 우포도청으로 뛰어가는 바람에 경황이 없어서 물어보지는 못했지만, 아마 그럴 걸세."

최빈의 대답을 들은 박순애는 집 안을 한번 살펴보고는 재차 질문을 던졌다.

"혹시, 집안의 물건이나 문기(文記, 집이나 땅의 소유권을 나타내는 문서) 같은 건 그대로 있습니까?"

"어머님이 바로 확인하셨는데 문기들은 그대로 있고, 없어진 것도 없다고 하셨네."

"그럼 도둑은 아니라는 뜻인데."

혼잣말처럼 중얼거린 박순애는 곰곰이 생각에 잠겼다. 도둑은 재물을 훔치는 게 목적이라서 사람을 해칠 이유가 없다. 하지만 어쩌면 도둑질을 하러 왔다가 박아지에게 들켜서 살인을 저질렀을 수도 있다. 작년과 올해 연거푸 흉년이 들면서 지방에서 무작정 한양으로 올라온 백성들이 많았다. 도성이니 구휼책이 있을 것이라고 믿었기 때문이다. 하지만 맨손으로 한양에 올라오면 할 수 있는 일은 도둑질이나 몸을 파는 것 외에는 없었다. 최근 한양에서도 대담하게 대낮에 무리 지어 도둑질을 하는 일당이 많아졌다. 목구멍이 포도청이라는 속담처럼 자신과 가족들이 며칠 굶으면 담장을 넘는 수밖에는 없었다. 생각에 잠겨 있던 그녀가 물었다.

"혹시 돌아가신 아내분이 누군가와 사이가 나쁘거나 원한을 산 적이 있습니까?"

"내 아내가? 바깥출입도 잘 안 하고, 조용한 성격일세. 주변 사람들과도 사이좋게 지냈고 말이야."

"원한이라는 게 말입니다. 꼭 내가 딴 사람한테 잘 한다고 안 생기는 게 아니더라고요. 부인이 아니라 나리 집안과 사이가 나쁜 쪽도 생각해주십시오."

박순애의 얘기를 들은 최빈이 잠시 생각하다가 입을 열었다.

"사별한 첫 번째 부인의 장인어른과 사이가 좀 안 좋네."

"작년에 돌아가셨다는?"

"맞네."

긴 한숨을 쉰 최빈이 덧붙였다.

"아내가 전염병에 걸렸을 때 내가 제대로 돌봐주지 않았다고 생각한 모양이야. 거기다 아내가 혼수로 데리고 온 노비들을 돌려달라고 송사를 걸기까지 했네."

최빈의 당혹스러운 표정을 본 박순애는 이해가 갔다. 노비는 전답이나 주택보다 더 유용한 재산이었다. 집안일을 시켜도 되고, 바깥일을 시키고 벌이의 절반을 받는 신공도 쏠쏠했기 때문이다. 그런데 노비는 전답이나 주택처럼 딱 잘라 구분할 수 없다는 점이 문제였다. 노비마다 가격 차이가 났고, 노비도 재산을 소유할 수 있기 때문에, 각각 소유한 재산도 달랐다. 그래서 부모가 분재기에 노비를 분배하라는 유언을 남기는 경우에도 송사가 벌어지기 일쑤였다. 부인이 혼수로 노비를 데려왔다가 사망해도 문제였다. 둘 사이에 아이가 있다면 모르겠지만 그렇지 않은 경우에는 처갓집에서 딸이 혼수로 데려간 노비의 반환을 요구하는 경우가 많았다. 하지만 남편은 아내의 제사를 지낸다는 이유로 반환하지 않았다. 최악의 경우는 지금처럼 아내가 죽고 남편이 재혼을 하는 경우였다. 그럼 처갓집 입장에서는 남의 집안에 노비를 빼앗긴 꼴이 되었다. 이 집안도 그런 문제가 발생했던 것이다.

"장인은 누구입니까?"

"박우정이라는 분일세. 가쾌 일을 하고 있다네."

"어디서 합니까?"

"견평방(堅平坊, 지금의 인사동) 쪽일세."

박순애는 불쾌하다는 표정을 지으며 얘기하는 최빈에게 물었다.

"송사 문제로 사이가 나빠지셨군요."

"원래부터 사이가 별로였네. 가쾌 일을 하면서 경아전인 우리 집안을 우습게 여겼으니까. 거기다 작년에 아내가 병을 앓았을 때 우리가 방치한다고 헛소문을 냈었다네. 그러고는 장례식 때 와서 행패를 부렸지. 나와 내 어머니 때문에 아내가 죽었다면서 말이야."

"그 사람이 최근에 집 근처에 나타났습니까?"

"몇 번 왔었네. 사실은 새로 장가를 든다고 하니까 찾아와서 노비를 내놓으라고 한 적이 있었지. 엄연히 우리 집 재산이고 아내의 제사를 지내고 있으니 돌려줄 수 없다고 하니까 송사를 한 것이고 말이야."

"위협을 느꼈나요?"

"옛 장인은 체구도 크고 힘도 좋은 편일세. 젊은 시절에는 씨

름 장사로 소문이 나기도 했었지. 그래서 아내와 어머니에게도 문단속을 잘 하라고 단단히 일러놨는데 말이야."

옛 사위가 새로 장가를 들었고, 노비를 돌려주지 않았다면 사이가 나쁜 건 당연했다. 하지만 그런 이유라면 자기 사위나 사돈을 목표로 했어야지 새색시를 죽일 이유는 없었다. 거기다 노비를 돌려달라고 요구했다면 노비 문서만 챙겨갔으면 그만이었다.

"왔을 때 문이 열려 있었습니까?"

"그렇다네. 살짝 열려 있었네."

"누가 열어준 걸까요?"

"모르겠네. 어머니 얘기로는 문을 닫으라고 한 뒤 빗장이 채워지는 소리도 들었다고 했으니까."

"그럼 이후에 누가 찾아와서 문을 열어준 걸까요?"

"모르겠네."

남편 최빈은 이해가 가지 않는다는 말투로 얘기했다. 남편이 문단속을 잘 하라고 당부를 했고, 시어머니가 나갈 때 빗장을 채웠다. 그런데 남편이 돌아왔을 때 빗장이 열려 있다는 것은 죽은 여인이 직접 문을 열어줬다는 걸 의미했다.

"부인께서는 이불 속에서 속적삼 차림으로 있다가 흉변을 당하셨습니다. 누가 찾아왔다면 그 차림새로 맞이하지는 않았을 것 같습니다만."

더구나 방 안에서는 몸싸움이 벌어진 흔적이 보이지 않았다. 그러니까 죽은 박아지가 아는 사람이 찾아왔거나 혹은 누군가가 몰래 문을 열고 들어왔다는 걸 의미했다. 그런데 남편도 아니고, 다른 사람인데 속적삼 차림으로 문을 열어줄 것 같지는 않았다. 이상하게도 없어진 물건도 없고, 집 안을 뒤진 흔적도 나오지 않았다. 어떤 사건이든 아주 작은 단서라도 나오기 마련인데, 이번 사건은 조사하면 조사할수록 애매한 점뿐이었다. 그 사이에 우포도청에서 보낸 오작인이 도착했다. 오다가 술이라도 한잔했는지 후들거리는 다리로 대문간을 넘어오는 오작인을 본 최빈이 벌떡 일어났다.

"죽은 아내를 외간남자의 손에 맡길 수는 없네."

"검시를 해야 흉기를 알 수 있고, 그래야 범인을 찾을 수 있습니다."

"아무리 그래도 어찌……."

차마 말을 잇지 못하는 최빈을 보자 박순애는 딱하고 답답했다. 갑자기 그동안 아무 말도 하지 않았던 포교가 끼어들었다.

"어차피 상처는 상체에만 있으니까 오작인이 보도록 하고, 하체는 이 동네 산파가 와서 보도록 하면 어떨까?"

주저하던 최빈에게는 나랏일을 하는 관리가 모범을 보여야 하지 않겠느냐는 말로 설득했다. 결국 최빈이 승낙하면서 박아지는 자신이 죽은 안방에서 오작인의 검시를 받게 되었다. 방 안에는 오작인과 박아지, 그리고 급하게 데리고 온 동네의 산파만 들어갔다. 포교는 탐문을 하겠다는 핑계로 아예 집 밖으로 나가버렸다. 박아지의 시신을 보고 착잡한 표정을 지은 늙은 산파가 이불을 접어서 아래쪽을 가렸다. 그러자 오작인은 가지고 다니는 장도로 피에 젖은 속적삼의 끈을 잘랐다. 이번에도 늙은 산파는 가지고 온 낡은 보자기로 가슴을 가렸다. 무릎을 꿇은 오작인이 천으로 피를 닦아가면서 상처를 살폈다.

"오른쪽 가슴에 두 번, 왼쪽 겨드랑이 가까운 쪽에 한 번, 목줄기 가운데에 찔렀구려."

쿨럭거리며 대답한 오작인에게 박순애가 물었다.

"흉기는 무엇입니까?"

"가만있어보자. 상처가 일자로 나 있는 걸로 봐서는 칼 같네."

그러면서 주머니에서 가는 대나무 조각을 꺼내서 상처의 깊이를 쟀다. 시신의 발치에서 바라보고 있던 산파가 얼굴을 찡그리며 고개를 돌렸다. 오작인이 상처의 깊이를 재는 동안, 박순애는 상처 주변에 흩뿌려진 피들을 살펴봤다. 이불에는 피가 흥건했지만 주변으로는 피가 많이 튀지 않았다.

"피가 멀리 튀지 않은 건 서 있지 않고 앉아 있었다는 뜻인데?"

전임자이자 지금은 마경장이 된 노파는 범죄 현장에서 가장 중요하게 봐야 할 것이 흉기와 상처라고 말했다. 신주무원록(新註無冤錄, 조선 시대 만들어진 법의학서)을 보여주면서 거기에 나온 상처 분류법들을 일일이 알려주었고, 그러면서 그것만 제대로 확인해도 범인을 잡기가 수월하다고 덧붙였다. 살인자는 항상 자신에게 익숙한 것으로 범행을 저지르고, 상처가 있는 위치와 모양을 통해 현장 상황을 파악할 수 있다. 예를 들어 죽은 사람이 등을 보였거나 혹은 반항한 흔적이 없다면 살인자와 아는 사이거나 혹은 믿고 있는 사이였을 가능성이 크다. 박순애가 생각에 잠겨 있는 사이, 오작인이 상처의 깊이를 재보고는 고개를 갸웃거렸다.

"이상하구려."

"뭐가요?"

"몸의 앞쪽 상처보다 뒤쪽에 난 상처가 더 깊어."

"그게 무슨 뜻이죠?"

"무방비 상태로 뒤쪽에서 공격당한 것 같단 말일세. 그런데 아무래도 반항한 흔적이 없는 게 이상하단 말이야. 칼을 든 사람이 자기 뒤쪽으로 돌아가면 가만히 있었을 리가 없는데."

이상한 일이라며 고개를 갸웃거리던 오작인의 얘기를 들으며 박순애는 다시 시신을 내려다봤다.

"범인이 지인일 가능성이 크겠군요."

"섣불리 판단하기는 싫지만 그렇겠군. 그것도 아주 가까운 사람일지 몰라. 생판 모르는 사람을 속적삼 차림으로 맞이할 리는 없으니 말이야. 거기다 등의 상처보다 가슴쪽 상처가 살짝 아래쪽을 향해 있어."

"박아지를 죽인 사람은 박순애보다 키가 컸겠네요."

박순애의 말에 오작인이 고개를 끄덕거렸다.

"죽은 색시의 키가 영조척(營造尺, 1척이 약 31센티미터)으로 5척이 조금 못 미치니까 살인자는 최소한 6척은 되어야 할 거야. 자네보다 조금 더 크겠구려."

키가 5척 반 정도 되는 박순애는 몸을 일으켰다. 시신과 박순애를 번갈아가며 쳐다보던 오작인이 끼어들었다.

"여기 말고 다른 곳에서 죽이고 옮기진 않았을까?"

오작인의 물음에 박순애가 단번에 고개를 저었다.

"아뇨. 핏자국은 이 근처에만 있어요. 다섯 군데나 찔렸으면 피가 엄청 나왔을 텐데, 이불 위 말고는 방 안에 핏자국이 없습니다."

박순애의 얘기를 들은 오작인이 방 안을 둘러보고는 고개를 끄덕거렸다.

"그렇구려. 상처의 깊이로 보아하니 칼날은 다섯 치(1척의 10분의 1로, 약 3센티미터) 정도 되는 것 같네."

"부엌칼 같은 겁니까?"

"아니, 부엌에서 쓰는 칼보다는 얇고 뾰족해. 부엌칼은 날이 두꺼워서 훨씬 상처가 컸을 거야. 환도도 아니고, 창포검이나 죽장도처럼 얇고 좁은 칼날도 아닐세."

박아지의 상처에 대해 얘기한 오작인은 마지막으로 손을 살펴봤다. 대나무 통에 담아온 식초를 손에 뿌리고 솜으로 꼼꼼하게 손목부터 손가락까지 닦았다. 잠시 후, 손목과 손등에서 푸릇한 상처들이 떠올랐다. 그걸 본 오작인이 말했다.

"누군가에게 팔목을 잡힌 모양이구려. 팔목에 멍이 든 게 보여."

"살인자는 박아지의 손을 잡아서 꼼짝 못 하게 한 다음 칼로 찔렀군요."

오작인이 고개를 끄덕거리며 대답했다.

"그렇다면 뒤에서 찌른 것이 이해가 되는군. 한 명은 손을 잡고 한 명이 칼로 찔렀을 가능성이 있어."

오작인이 자기 할 일은 다 끝났다면서 짐을 주섬주섬 챙겨서 밖으로 나갔다. 늙은 산파 역시 이불로 박아지의 얼굴까지 덮어주고는 한숨을 쉬며 나갔다. 홀로 남은 박순애는 다시 시신 주변을 살펴봤다. 귀중품이 사라지지도 않았고, 반항한 흔적도 없었다. 뒤에서 칼로 찔렸는데, 천장이 낮아서 서서는 불가능했다.

"앉아서 칼에 찔렸다는 얘긴데……."

대체 누가 찾아왔기에 여인이 혼자서 속적삼을 입은 채 맞이했을까 하는 의문이 들었다. 빗장이 열려 있다는 건 박아지가 직접 문을 열고 누군가를 들였다는 뜻이다. 그리고 이불에 들어간 채 앉아서 맞이했다. 그리고 상대방이 등 뒤로 돌아갈 때까지 전혀 의심하지 않았다. 아주 가깝고 격의 없는 사이라는 것을 의미했다. 하지만 혼인한 지 1년밖에 안 된 색시에게 그런 관계에 있을 법한 사람이 떠오르지 않았다.

'남편이라면 모르겠지만 숙직 중이었고, 시어머니를 저런 차림으로 맞이하지는 않았을 텐데.'

정리되지 않은 생각을 하면서 밖으로 나오자 구경하러 나온 이웃 주민들로 대문간이 시끌벅적했다. 다행히 우포도청에서 보낸 포졸들이 그들을 막아서는 중이었다. 두려움과 호기심에 가득 찬 눈들을 바라보면서 박순애는 구석에 멍하게 서 있는 최빈을 바라봤다. 옆에는 아까 보지 못한 노비들이 겁먹은 표정으로 서 있었다. 마당으로 내려간 박순애는 포졸 중 한 명을 불렀다.

"모인 주민들을 상대로 어제와 오늘 아침에 이 집에서 비명이나 싸우는 소리 같은 걸 들었는지 확인해주십시오."

"어제와 오늘 말이지. 알겠네."

포졸이 동료들에게 걸어가는 걸 본 박순애는 박아지의 남편인 최빈에게 다가갔다.

"방금 시신을 확인했습니다. 산파가 이불과 옷으로 가렸고, 오작인도 조심스럽게 살펴봤으니 염려 놓으십시오."

"알겠네."

"옆에 있는 사람들은 거느리고 있는 노비들입니까?"

"그렇다네. 이들은 우리 집에서 기거하는 자들이고 나머지는 성저십리랑 경기도에 흩어져서 농사를 짓고 있지."

"세 명 중에 사건이 벌어졌을 때 집에 있었던 사람이 있었습니까?"

박순애의 질문에 최빈이 고개를 저었다.

"방금 물어봤는데 없었다고 하네. 셋 중에 한 명은 오늘 새벽 닭이 울 때 나갔고, 다른 두 사람은 아예 들어오질 않았으니까."

"새벽에 나간 종은 누굽니까?"

최빈이 제일 오른쪽에 서 있는 비쩍 마른 남자 종을 가리켰다. 누런색 수건을 머리에 두른 20대 중반의 남자 종이 겸연쩍은 웃음을 지었다.

"이름이?"

질문을 받은 남자 종이 대답했다.

"강돌이라고 합니다."

"오늘 새벽에 나갔다고요?"

"예, 경강에서 짐을 날라야 하는데 배가 아침 일찍 들어온다고 해서 파루(罷漏, 조선 시대 통금이 해제되는 것을 알리는 종으로 새벽 4시 경에 서른세 번을 쳤다) 소리를 듣자마자 행전을 차려입고 나갔습지요."

겉으로 보아서는 나쁜 일을 저지를 사람 같지 않았지만, 확인은 해봐야 했다. 다행히 강돌이가 눈치를 챘는지 먼저 입을 열었다.

"금천을 지나다가 경수소(警守所, 지금으로 치면 파출소 같은 곳으로 복처라고도 불렀다)에서 시위패에게 잠깐 잡혔습니다. 확인해보셔도 좋습니다."

"밖으로 나갈 때 주인마님을 봤습니까?"

"대문도 조심해서 열고 나갔습니다요. 어찌 주인마님을 깨웁니까?"

"문을 닫아준 건 누구인가요?"

"큰 주인마님입니다요. 새벽잠이 없으셔서 저보다 먼저 깨어나곤 하시지요."

잠깐 의심이 들긴 했지만 옷을 보니 깨끗했다. 박아지는 죽을 때 엄청나게 많은 피를 흘렸는데 이 노비의 옷에는 피 한 방울 묻어 있지 않았다. 거기다 남자 종이 주인마님이 머무는 안방에 혼자 들어갔을 리 없었다. 만약 발각되면 난리가 날 수도 있기 때문이다. 얘기를 나누는 사이, 대문에 있던 구경꾼들이 좌우로 흩어졌다. 그리고 잿빛 저고리 차림의 나이 든 여인이 들어섰다. 포졸들이 막아서려는데 최빈이 황급히 외쳤다.

"어머니."

비척거리며 들어온 여인은 최빈의 부축을 받으며 행랑채의 툇마루에 앉았다. 반백의 쪽진머리를 한 여인이 허망한 눈으로 집 안팎을 돌아봤다. 중요한 증인이라는 생각이 든 박순애가 말했다.

"일단 방으로 모시지요. 좀 여쭤볼 게 있습니다."

최빈이 어머니를 부축해서 안방 옆에 있는 사랑방으로 데리고 들어갔다. 안방처럼 좁고 긴 방에는 옷을 걸어두는 횃대와 갓을 넣는 갓집이 있었다. 보료 위에 어머니를 앉힌 최빈이 강돌이에게 물을 떠오라고 말했다. 맞은편에 앉은 박순애는 최빈의 어머니가 진정할 때까지 기다렸다. 숨을 돌린 최빈의 어머니가 최빈에게 물었다.

"저 사람은 누구냐? 필시 여자인 거 같은데 남자처럼 차려입고 다니는구나."

"우포도청에서 나온 다모입니다. 아내가 여자이다보니 다모를 보낸 모양입니다."

"그렇구나. 우리 새아기를 누가 죽였는지 꼭 좀 밝혀주시게."

"그러기 위해서 몇 가지 여쭤볼 게 있습니다."

"알겠네. 임 조이(召史, 조선 시대 과부를 일컫는 말. 한문으로는 소사라고 표기한다)라고 부르게."

그 사이, 강돌이가 물이 든 대접을 가져왔다. 벌컥거리며 마신 임 조이가 가볍게 한숨을 쉬며 박순애를 바라봤다.

"며느리를 마지막으로 본 게 언제였습니까?"

"오늘 아침이지. 멀쩡하게 살아 있던 아이가 어쩌다 이런 꼴을 당했는지 몰라."

"어제는요?"

"함께 저녁을 먹고, 세책점(貰冊店, 조선 시대 소설을 빌려주던 가게)에서 빌려온 방각본을 같이 읽다가 내 방으로 와서 잠을 잤지."

옆에 있던 최빈이 죽은 아내 박아지가 머무는 안방의 대청 건너편에 있는 방이 어머니의 방이라고 알려줬다. 박순애가 다시 물었다.

"새벽에 강돌이가 나가는 걸 보셨다고 들었습니다."

"내가 새벽잠이 없어서 말이야. 그래서 강돌이를 배웅해주고 대문의 빗장을 도로 채웠지."

"그러고는 언제 나가셨습니까?"

"얼마 후에, 며느리와 같이 간단하게 아침을 먹고 나갔지. 약수터에 갔다가 동네 한 바퀴를 돌았고. 산에도 올라갔다 오고."

"그때는 며느리가 배웅해주셨나요?"

"응, 대문까지 나왔어. 몸이 좀 안 좋은 거 같아서 아들이 올 때까지 좀 쉬라고 했지."

"그때 옷차림은 어땠나요?"

"치마랑 저고리 차림이었지. 새삼스럽게."

시어머니의 말이 사실이라면 배웅을 하고 다시 안방으로 들어와서 옷을 벗고 이불에 누운 것 같았다. 조금씩 상황이 그려지긴 했지만 사건에 관해서는 여전히 첩첩산중이었다.

"산책이 끝나고 돌아오신 후, 흉변이 일어난 걸 아셨나요?"

"그렇지. 마실을 갔다가 숙직을 끝낸 아들이 돌아올 시간을 깜빡했지 뭐야. 그래서 부랴부랴 돌아오는데 비명이 들렸어. 그래서……."

임 조이는 그 뒤로 횡설수설했다. 살던 집에서 며느리가 죽었으니 놀랄 만도 했다. 사실 강돌이가 밖으로 나간 뒤 박아지와 가장 늦게까지 함께 있었기 때문에 용의자 중 한 명이라고도 할 수 있었다. 하지만 시어머니라는 위치를 감안하면 며느리를 죽일 이유가 없었다. 그냥 쫓아내면 그만이니까 말이다. 거기다 임 조이는 며느리보다 체구와 키가 작았다. 또한 며느리가 속적삼 차림으로 시어머니와 대면했을 것 같지도 않았다. 한숨을 쉰 박순애가 최빈에게 말했다.

"부인이 돌아가셨을 때 집에는 아무도 없었네요?"

"그랬겠죠. 설마 안방에서 저렇게 사람이 죽어가는데 몰랐을 리가 없잖소."

최빈이 당연하다는 듯 반문했다. 그 사이, 탐문을 마친 포졸이 문을 열고 살짝 고개를 저었다. 없다는 뜻이었다.

"한양 한복판에서 사람이 죽었는데 비명도 못 듣고, 목격자도 없었단 말인가요?"

"나도 그게 이상해서 열심히 물어봤는데, 아무 소리도 못 들었다니 어쩌겠나."

"낯선 사람은 오지 않았대요?"

"화장품을 파는 매분구가 지나가는 걸 봤고, 멸화군이 순찰을 도는 걸 봤다는 사람이 있어."

"하지만 속적삼 차림으로 매분구를 맞이하거나 멸화군에게 문을 열어줄 리는 없잖아요."

"그렇긴 하지. 한 번 더 물어볼게."

포졸이 사라지고, 머리가 복잡해진 박순애는 밖으로 나왔다. 그리고 아까보다 더 늘어난 구경꾼들을 보면서 덧붙였다.

"이 중에 아무도 목격자가 없다니."

답답해진 박순애는 직접 동네 주민들에게 일일이 물어봤다. 하지만 포졸의 얘기대로였다. 이상한 소리가 나는 걸 들은 적이 없었다는 것이다. 집에서 강돌이가 나간 시간은 파루가 울렸을 즈음이었고, 얼마 후에 시어머니가 나갔다면 묘시(卯時, 오전 5시에서 7시 사이)로 막 접어들었을 즈음일 것이다. 남편 최빈이 진시가 시작될 무렵 돌아왔으니, 그 사이에 박아지가 살해당한 건 분명했다. 아침이라 일을 나가는 사람들이나 부엌에서 식사를 준비하기 위해 눈을 뜬 사람들이 꽤 많았다. 하지만 모두 보거나 들은 게 없다고만 답했다. 혹시나 담장을 넘어온 게 아닌지 살펴봤다. 하지만 웃대의 담장들은 하나같이 높아서 사다리를 걸치지 않고는 넘어가기 힘들었다. 거기다 담장에는 신발 자국이나 사다리를 걸친 흔적이 보이지 않았다.

결국, 박순애는 아무 단서도 찾지 못했다. 살인 사건이 난 웃대 일대를 저녁 무렵까지 살펴본 그녀는 뒤늦게 우포도청으로 돌아왔다. 힘없이 걸어 들어온 박순애는 우포도청이 발칵 뒤집혔다는 사실을 뒤늦게 알게 되었다. 임금님이 사는 경복궁 근처의 웃대에서 살인 사건이 벌어졌기 때문이다. 조정에 바로 보고가 되면서 서둘러 범인을 잡아서 민심을 안정시키라는 지시가 내려왔다. 그것도 왕명의 출납을 담당하는 승정원에서 전달된 것이라 포도대장이 전전긍긍하고 있다고 했다. 박순애가 박아지의 시신을 검시한 오작인이 머무는 행랑채를 찾아가서 얘기를 나누는데 종사관이 나타났다. 무거운 표정의 종사관이 짧게 말했다.

"포도대장께서 가급적 빨리 사건을 해결하라고 이르셨다."

"제가요? 우포도청에 포교와 포졸들이 없는 것도 아니지 않습니까?"

"처음 나갔잖아. 거기다 여인이 죽었으니 아무래도 다모를 투입하는 게 낫겠다는 포도대장 나리의 명이야."

"하지만 목격자를 못 찾았습니다."

"다른 일은 일단 중단하고 그 일부터 처리하게."

짧게 얘기를 끝낸 종사관이 돌아섰다. 종사관이 사라지자 오작인이 투덜거렸다.

"아니, 범인을 잡는 게 그리 쉬웠으면 포도청은 왜 있겠어? 갈수록 요상한 놈들만 들어오네그려."

박순애는 혀를 차는 오작인에게 물었다.

"비명을 들은 목격자가 없었어요. 목을 찔려서 소리를 못 낸 걸까요?"

"아니지. 거길 찔려도 소리는 나와. 아마, 예상 밖의 상황이라 그랬을지 몰라."

"예상 밖의 상황이요?"

"얼이 빠졌다고 그래야 하나? 너무 놀라면 비명도 안 나와. 그러니까 칼을 찌른 사람이 예상 밖의 인물이라는 것이지."

"예를 들면 시어머니요?"

얘기를 들은 오작인이 고개를 갸웃거렸다.

"그럴 수도 있지. 어쨌든 골치 아프겠구려."

머리가 복잡해진 박순애를 쳐다보던 오작인이 일어나면서 허리를 붙잡았다.

"아이고, 이놈의 허리."

방으로 돌아가던 오작인이 허리를 펴느라 하늘을 올려다봤는지 중얼거렸다.

"거 참, 달이 참 예쁘게 떴네. 이제 곧 보름이겠군."

보름달이라는 얘기를 들은 박순애는 도움을 받을 수 있는 누군가를 떠올렸다. 하지만 그 전에 먼저 혼자 최대한 조사를 해 보기로 했다.

다음 날 아침, 박순애는 웃대로 향했다. 인왕산에서 시작해 웃대를 거쳐서 흐르는 개천 위에 금천교가 있었다. 다리를 건넌 박순애는 건너편에 있던 경수소로 다가갔다. 작은 움막처럼 만들어진 경수소에서는 마침 시위패라고도 불리는 시위군이 철릭 차림으로 호액(護腋, 겨드랑이를 보호해주는 보호구)을 들고 나오는 중이었다. 와룽모에 요선 철릭 차림을 한 박순애를 본 시위군이 움찔했다.

"누구냐!"

"우포도청 소속 다모 박순애라고 합니다. 어제 새벽부터 오전까지 이곳에서 번을 선 자를 만나러 왔습니다."

입구 옆에 있는 작은 의자에 앉은 그가 대답했다.

"어제 새벽부터 오늘 아침이라면 바로 나일세. 무슨 일인가?"

"새벽에 웃대에서 남자 종 한 명이 내려왔습니다. 이름은 강돌이고, 키가 좀 크고 마른 편이었죠."

잠깐 생각하던 그가 일어나면서 호액을 겨드랑이에 찼다.

"강돌이 말이군. 그날 새벽에 내려오는 걸 봤었네."

"아는 자입니까?"

"올봄부터 이곳에서 번을 서면서 웃대 사람들의 얼굴은 거의 다 알고 있어. 강돌이도 마찬가지고."

"시간이 정확하게 언제쯤이었습니까?"

"인정이 치고 얼마 안 있어서였네. 꼭두새벽부터 어딜 나가냐고 했더니 일이 있다고 해서 보내줬지."

"특별히 태도가 이상하거나 수상쩍은 건 없었습니까?"

박순애의 거듭된 질문에 겨드랑이에 낀 호액을 만지작거리던 그가 경수소 안에 대고 가져오라는 말을 하고는 돌아봤다.

"그 집 며느리가 죽었다며? 강돌이는 그날 새벽 평상시와 다름없었네. 옷이나 얼굴에 피가 묻어 있거나 겁에 질리지도 않았고 말이야. 개미 새끼 하나 못 죽일 위인이라고."

잠시 후, 안에서 동료가 은색 경번갑(鏡幡甲, 작은 철판을 쇠고리로 엮어서 만든 갑옷. 고려 후기부터 조선 전기까지 입었다)을 가지고 나왔다. 경번갑을 입는 그에게 박순애가 재차 물었다.

"그날 새벽이나 아침에 이상한 자가 웃대에 올라가지는 않았습니까?"

잠시 생각하던 그가 고개를 저었다.

"없었네. 자네도 알다시피 바로 옆이 임금님이 계시는 궁궐일세. 거기다 웃대에 사는 사람 중 상당수는 궁궐이나 관청에서 일하는 관리들이지. 물건이라도 훔쳤다가는 경을 칠 수 있지."

"최근에 한양에 도둑 떼들이 늘어나서 말입니다. 한양 사람이라면 모르지만 지방에서 올라온 사람들이 그런 사정을 알겠습니까?"

"그렇긴 하구면. 하지만 어제 새벽이나 아침에 수상쩍은 자를 본 적은 없네. 매분구가 아침 일찍 올라갔고, 멸화군이 순찰을 돈 게 전부야."

어제 동네 주민들에게 들은 것과 일치했기 때문에 다소 맥이

빠졌다. 고맙다는 말을 남긴 박순애는 경수소 밖으로 나와 견평방 쪽으로 향했다. 최빈의 전 장인을 만나기 위해서였다. 견평방에 도착한 그녀는 백송이 있는 곳부터 천천히 올라갔다. 가쾌라고 했으니 골목보다는 큰길 근처에 자리 잡고 있으리라 생각한 것이다. 한동안 걷던 그녀는 종이 다발을 높게 꽂은 냉면 가게 옆 담장에 쪼그리고 앉은 노인을 발견했다. 돗자리를 하나 펼쳐 놓고 담장을 등지고 앉은 노인은 작은 발립에 배자 차림이었다. 집을 사고파는 일을 중개하는 가쾌가 틀림없었다. 앞에는 나무로 만든 장기판을 하나 놓고 또래로 보이는 노인과 장기를 두는 중이었다. 그녀가 다가갈 무렵, 두 사람은 이번 수를 물릴지 안 물릴지를 두고 입씨름을 펼치는 중이었다.

"어허, 한 수만 물리라니까."

물려달라고 하는 노인은 검버섯이 가득했고, 망건만 쓰고 있는 걸로 봐서는 근처 주민인 것 같았다. 반면, 가쾌는 절대 안 된다고 고개를 저었다. 그러다가 가까이 다가간 그녀의 그림자가 드리워지자 약속이나 한 듯 둘 다 입을 다물고 고개를 돌렸다. 벽을 등지고 앉은 노인이 그녀를 올려다보면서 중얼거렸다.

"집을 사려는 사람 같지는 않고?"

"박우정이라는 함자를 가진 가쾌를 찾습니다만."

분위기가 심상치 않아 보이자 방금까지 입씨름을 벌이던 망건 쓴 노인이 일어났다.

"내일 보세. 얘기들 나누시게."

"아니, 이봐! 내기를 하다가 그렇게 가면 어떡해?"

망건을 쓴 노인이 비운 자리에 앉은 박순애가 가쾌를 바라봤다. 길쭉한 얼굴에 코가 살짝 얽어 있었고, 볼이 두툼했다. 박순애를 향해 가쾌가 말했다.

"그래, 내가 박우정일세. 여자가 남장을 하고 다니다니 괴이하군."

"우포도청 소속 다모라서 그렇습니다."

"아, 소문은 들었네. 선 채로 술을 한 동이 다 마시고, 힘이 장사라며."

"헛소문입니다. 어제 웃대에서 사람이 죽었습니다. 최빈이라는 경아전의 아내요."

최빈이라는 이름을 들은 가쾌 박우정의 얼굴이 일그러졌다.

"망할 놈 같으니."

"예전 사위였다고 들었습니다만."

"망할 놈! 마누라는 잘생겨서 좋다고 했는데 내 눈에는 간교함만 보였어."

"따님이 돌아가신 이후 사이가 나빠졌다고 들었습니다만."

"딸이 아픈데 돈이 아깝다고 약 한 첩 제대로 안 썼네. 그래놓고는 바로 다시 혼사를 치르더군. 거기까지는 그렇다 쳐도 인연이 끊어졌으면 노비는 돌려줘야지. 딸의 제사를 지낸다는 핑계를 댔지만 말짱 거짓말이야."

"송사도 했다는 얘기를 들었습니다만."

"했다마다. 장예원에 송사를 걸었는데 그놈이 경아전이다보니까 여기저기 연결된 놈들이 많았어. 당연히 내가 이길 줄 알았는데 송관이 그놈 손을 들어주더군."

"억울하셨겠네요."

박순애의 물음에 박우정이 짜증을 냈다.

"억울하다마다. 그런데 판결 전에 결송다짐(재판의 판결 전에 승복하겠다는 뜻을 담은 문서)을 제출했으니 참을 수밖에."

눈빛을 번뜩이며 말하는 박우정에게서 살의가 느껴졌다. 하지만 언뜻 봐도 50대의 힘없는 노인이었다. 거기다 박아지가 얼굴도 모르는 박우정에게 문을 열어줬을 리가 만무했다. 박순애의 표정을 살핀 박우정이 먼저 선수를 쳤다.

"내가 그 집에 들어가서 며느리를 죽였다고 생각하는군."

"어제 새벽과 오전에 어디 있었습니까?"

이미 웃대 초입에 있는 경수소에서 확인을 하긴 했지만 혹시나 하고 물었다. 그러자 박우정이 혀를 찼다.

"아무리 그렇다고 해도 내가 죄 없는 그 집 며느리를 죽였겠어? 못된 사위 놈이랑 사돈 할망구가 내 얘기를 했구먼."

박순애가 아무 말도 하지 않자 박우정이 옆에 있던 냉면 가게를 가리켰다.

"저곳이 문을 열기 전부터 이곳에 있었네. 주인장이 문을 열면서 나랑 항상 인사를 하지."

"어제도 말입니까?"

"물론이지."

"대략 언제쯤이었습니까?"

"해가 뜨기 전이었네. 인정이 울리고 좀 지났으니까 진시(辰時, 오전 7시부터 9시 사이) 직전이었을 거야."

대략 살인이 벌어졌을 시간이었다. 견평방에서 웃대까지는 거리가 좀 있었기 때문에 일단 박우정 역시 용의자가 될 수는 없었다. 낙담한 박순애에게 헛기침을 한 박우정이 넌지시 말했다.

"임 조이 말이야."

"시어머니 말씀이십니까?"

박순애의 물음에 박우정이 고개를 끄덕거렸다.

"안 좋은 소문을 들은 적이 있네."

"어떤 소문요?"

"이웃집 남자랑 그렇고 그런 사이라는 소문 말이야."

박순애가 얼굴을 찡그리자 박우정이 덧붙였다.

"죽은 딸이 나한테 살짝 얘기해주더라고. 온갖 고상한 척을 다 하더니만."

"사통하는 남자가 누군지도 말해줬나요?"

"이웃에 사는 나이 든 별감이라고 하더군. 이름이 심만지인가 심만주인가 그랬어."

"그것 때문에 따님과 시어머니인 임 조이 사이에 갈등이 있었나요?"

"어찌 며느리가 하늘 같은 시어머니한테 대들 수 있겠어. 그냥 우리 집에 와서 하소연을 하고 갈 뿐이었지. 창피한지도 모르고 뻔질나게 그 집을 드나들어서 자기가 얼굴을 들지 못하겠다고 했어. 혹시 말이야."

습관적으로 주변을 살펴본 박우정이 낮은 목소리로 말했다.

"시어머니인 임 조이가 이웃집 남자랑 같이 며느리를 죽였을지 몰라."

박순애는 놀란 티를 내지 않기 위해서 최대한 무표정하게 박우정을 바라봤다.

"둘이 사통하는 걸 들키고, 망신을 당할까봐 죽였을 수도 있잖아."

"설마요."

그렇게 말했지만 박순애 역시 잔뜩 겁을 먹은 왜소한 체구의 임 조이가 마음 한구석에 걸렸다. 죽은 박아지는 아무런 저항의 흔적을 남기지 않았고, 손목에는 멍이 들어 있었다. 왜소한 체격이지만 임 조이가 박아지의 손을 잡고, 그 사이에 뒤에서 사통하던 자가 칼부림을 할 수도 있었을 것이다. 고민에 **빠져** 있는 박순애를 힐끔 본 박우정이 발림을 고쳐 쓰면서 말했다.

"내가 집을 사고파는 가쾌 노릇을 하면서 깨달은 게 하나 있어."

"뭔데요?"

"사람은 절대로 겉모습만 보고 판단해서는 안 된다는 거지. 천하를 호령하는 대장부라고 자처하는 놈들이 가쾌에게 주는 푼돈이 아까워서 거짓말을 하거나 심지어 도망치기까지 하지. 그러니까 사람들의 겉모습만 보고는 믿지 말게."

"그러겠습니다."

얘기를 하면 더 길어질 듯해서 박순애는 그대로 일어났다. 그리고 와룽모를 눌러 쓴 채 냉면 가게로 들어갔다. 마침 냉면 가게에서는 한창 면을 뽑는 중이었다. 한 명이 대들보에 걸린 줄을 잡고 올라가서 국수틀의 지렛대 위에 걸터앉았다. 국수틀 아래에는 물이 펄펄 끓는 솥이 있었고, 국수틀에서 나온 메밀국수를 긴 젓가락으로 휘휘 젓는 중이었다. 냉면 가게의 주인으로 보이는 여인이 박순애가 가게로 들어오자 소리쳤다.

"어서 오십시오."

간드러진 웃음소리와 함께 다가오는 여인에게 박순애가 말했다.

"식사를 하러 온 건 아니오."

그녀의 목소리를 들은 냉면 가게 여주인이 흠칫 놀랐다.

"여자가 어찌 남장을 하고 다니시오?"

"우포도청 소속 다모라서 그렇소. 저기 밖에 있는 가쾌 말입니다."

박순애가 몸을 돌려 방금 얘기를 나눈 박우정을 가리켰다.

"가쾌 노인 말이요?"

"저 사람이 어제 아침부터 저기 있었습니까?"

"아! 어제뿐 아니라, 맨날 저기서 죽치고 장기를 둬. 손님도 별로 없는데 말이야."

고개를 절레절레 젓는 그녀에게 박순애가 물었다.

"중간에 자리를 비우거나 그러지 않았습니까?"

"오전에는 안 비워."

"왜요?"

"장기를 같이 두는 사람들이 계속 오거든. 가쾌라고는 하지만 내가 보기에는 장기를 두러 나온 게 분명하다고."

냉면 가게 여주인의 말을 들은 박순애는 다시 박우정을 바라봤다. 그녀의 말대로 집을 사고파는 일에는 별로 관심이 없어 보였다. 그렇다고 장기에 열중하는 것도 아닌 듯했다. 모르긴 해도, 자신보다 먼저 세상을 떠난 자식을 잊기 위한 몸부림으로 보였다. 다행인지 불행인지 모르겠지만 박우정 역시 용의선상에서 벗어났다. 인사를 하고 나온 박순애는 웃대로 향했다.

운종가를 지나가면서 다양한 사람들과 마주쳤다. 길 양쪽으로는 2층으로 상점들이 늘어서 있었다. 한양 안에서 가장 큰 시장이었기 때문에 사람들이 구름처럼 몰려든다고 해서 운종가라고 불렀다. 운종가의 개천을 가로지르는 다리 앞에서 책을 읽어주는 전기수가 사람들을 불러 모아놓고 신나게 떠들어댔다. 그는 삼국지에 나오는 적벽 대전 얘기를 하다가 갑자기 입을 다물어버렸다. 놀란 사람들이 웅성거리면서 계속하라고 했지만 전기수는 마치 말을 잊어버린 것처럼 딴청을 피웠다. 전기수가 왜 그러는지 알고 있는 박순애는 그냥 웃고 넘어갔지만 성미가 급한 몇몇 구경꾼들은 결국 주머니를 열었다. 어느 정도 돈이 쌓이자 전기수는 빙그레 웃으며 다시 이야기를 이어갔다. 조마조마해하던 구경꾼들은 전기수의 목소리에 다시 귀를 기울이며 웃고 떠들어댔다. 그 옆에는 괴상한 차림을 한 여리꾼이 서서 지나가는 손님들을 매의 눈으로 지켜보는 중이었다. 무당들이 쓰는 종이꽃을 단 화관에 소매를 길게 늘어뜨린 모습은 사람들이 구름처럼 몰린다는 운종가에서도 단연 눈에 띄는 인물이었다. 이들은 운종가에 물건을 사러 온 손님들과 장사꾼들을 연결해주는 역할을 했다. 운종가에 행랑처럼 이어진 상점들은 대부분 물건을 밖에 내놓지 않고 상점 안에 넣어뒀다. 그리고 주인은 퇴청이라고 부르는 작은 방에 방석을 깔고 앉아서 손님을 기다렸다. 물론 처마에 상점의 이름과 파는 물건을 그려놓은 작은 널빤지를 걸어뒀지만 제대로 보는 이는 드물었다. 여리꾼들은 물건을 사러 왔지만 어디로 가야 할지 모르는 손님과 그런 손님들을 기다리는 상점 주인들을 연결해주었다. 그러기 위해서는 남의 눈에 잘 띄는 옷을 입고 있어야만 했다. 먹고 살기 위해 비웃음을 감수해야만 하는 것이다. 그 밖에도 원숭이와 염소를 데리고 나와서 재주를 부리게 하는 사람도 있었고, 비파나 아쟁을 연주하는 이도 있었다. 각자 자신의 삶을 위해 최선을 다하는 중이었다. 하루하루를 열심히 살아가는 그들을 보면서 박순애는 갑작스럽게 찾아온 죽음에 놀라서 눈도 감지 못한 박아지를 떠올렸다. 그리고 그녀의 삶을 빼앗아간 살인자를 떠올렸다. 금천교를 지나 웃대에 접어들자 분위기가 사뭇 달라졌다. 운종가에 비해 턱없이 좁아진 골목 양쪽으로는 높다란 담장의 집들이 병풍처럼 서 있었다. 인왕산과 연결되어 있는 웃대는 풍경이 아름답고 자리를 펼칠 수 있는 암석이 깔려 있어서 선비들이 시회를 자주 열었다. 그녀가 도착할 즈음에도 한 무리의 선비가 떠들썩하게 얘기를 나누면서 웃대를 거는 중이었다. 그 뒤로는 시회에 쓸 종이와 문방구를 짊어진 남자 종이 걸었고, 시회의 흥취를 돋을 기생들이 말을 타고 따라가는 중이었다. 무슨 내기에서 졌는지 몇 명의 선비들이 기생들이 타는 말의 고삐를 잡아주고 있었다. 그녀들이 쓴 대나무와 종이로 만든 모자인 전모에는 꽃과 나비가 그려져 있었고, 붉은색 천을 드리웠다. 까르르 웃는 그녀들의 웃음소리가 멀어져갈 무렵, 박애순은 최빈의 집 앞에 섰다. 그리고 마침 지나가는 아낙네를 발견하고는 불러 세웠다.

"이 근처에 심만지라는 이름을 가진 대전별감이 살고 있습니까?"

광주리를 머리에 짊어지고 내려가던 아낙네는 고개를 돌려서 최빈의 바로 윗집을 가리켰다.

"저 집이오."

고맙다는 말을 남긴 박애순은 편곤을 꺼내서 심만지의 집 대문을 두드렸다. 한참을 두드리자 누구냐는 목소리가 안에서 들렸다. 박애순은 우렁찬 목소리로 대답했다.

"우포도청 소속 다모 박순애라고 합니다. 동네에서 발생한 살인 사건을 조사하는 중입니다."

그러자 안에서는 자기는 본 게 없다는 대답이 들려왔다. 박순애는 편곤으로 대문을 두드리며 대답했다.

"좋은 말 할 때 여십시오. 안 그러면 문을 부수고 들어가겠습니다."

잠시 후, 빗장을 푸는 소리와 함께 대문이 열렸다. 탕건을 쓰고 턱수염이 난 중년의 남성이 보였다. 편곤을 뒤춤에 쑤셔 넣은 박순애는 얼떨떨해하는 중년 남자를 밀치고 안으로 들어갔다. 집 안은 박아지가 죽은 옆집과 비슷했다. 가운데 마당이 있고, 방이 사방을 둘러싸고 있다. 옆집처럼 위쪽으로 올라간 쪽이 안방 같았고, 그 옆에 사랑방, 그리고 대문 옆에는 작은 행랑채와 도구들을 넣어두는 토방이 보였다. 문짝은 없었고, 거적으로 가려진 상태였다. 천천히 주변을 살핀 박순애는 뒷짐을 지고 서 있는 중년 남자에게 물었다.

"성함이 어찌 되십니까?"

"거, 심만지라고 하네. 동궁(東宮, 임금이 있는 궁궐의 동쪽이라는 뜻으로 보통 세자가 있는 곳이다. 따라서 동궁은 세자를 지칭한다)에서 별감으로 일하고 있지."

아닌 게 아니라 대청에는 별감들이 입는 붉은색 철릭과 노란색 갓이 횃대에 걸려 있었다. 보통 방 안에 두는 횃대를 굳이 대청으로 가져와서 세워둔 건 철릭과 갓을 보여주기 위한 것이 틀림없었다. 요란하게 헛기침을 한 심만지에게 박순애가 물었다.

"어제 아침에 옆집에서 그 댁 며느리가 죽은 걸 알고 계십니까?"

"듣긴 들었네."

애매하게 대답한 심민지를 바라보던 박순애는 고개를 돌려 최빈의 집을 바라봤다. 사실상 같은 담장이라고 할 정도로 가까웠다. 박순애가 다시 심민지를 봤다.

"옆집과의 거리가 아주 가깝네요."

"웃대의 집들이 다 그렇지. 뭐."

"옆집 며느리가 여러 번 칼에 찔렸습니다. 분명 비명을 크게 질렀을 텐데요. 전혀 못 들으셨나요?"

"내, 내가 잠을 한번 자면 옆에서 호랑이가 울어도 눈을 못 뜬다네. 나중에 웅성대는 소리를 듣고 깨어나긴 했지만 말이야."

"그날 아침에 수상한 사람이 이 근처를 다니는 걸 보신 적은요?"

"낯선 사람 말인가? 웃대에는 잘 안 오지. 그리고 늦게까지 자느라 밖에 나가보질 못했네."

"옆집 시어머니는 분명 며느리가 대문을 닫는 소리를 들었다고 했습니다. 혹시 그 소리는 들으셨나요?"

"못 들었다네. 아까 얘기했지만 내가 잠귀가 어두워서."

박순애는 꼬치꼬치 캐물었지만 심만지는 계속 잠을 자고 있느라 못 들었다는 말만 반복했다. 그러다가 계속되는 질문에 짜증이 났는지 불쑥 이런 말을 했다.

"목을 찔렸다던데 비명도 못 질렀겠구먼."

그 얘기를 들은 박순애는 허리 뒤춤에 꽂은 편곤을 손에 쥐었다.

"칼에 찔렸다고만 했지 어디를 찔렸다고 한 적은 없는데?"

갑자기 반말을 하면서 편곤을 들이대자 심만지는 적잖게 당황했다.

"그, 그게."

손사래를 치면서 뒷걸음질을 치는 그에게 다가간 박순애가 편곤을 휘둘렀다. 머리 위를 아슬아슬하게 스쳐 지나간 편곤이 탕건을 날려버렸다.

"아이고야."

놀란 심만지가 두 손으로 머리를 만지작거리며 그대로 주저 앉았다. 박순애는 편곤을 머리 위로 치켜들며 당장이라도 내리칠 것처럼 소리를 질렀다. 그때, 토방의 거적이 출렁거렸다. 박순애는 별전을 뽑아서 던졌다. 거적 옆을 스쳐 지나간 별전이 기둥에 박혔다. 거적을 들추고 나오려던 임 조이가 놀란 표정을 지었다. 기둥에 박힌 별전을 본 임 조이는 한숨을 쉬면서 말했다.

"그분한테 얘기한 건 나였네. 그러니 의심하지 말게나."

"왜 이곳에서 나오십니까?"

박순애의 물음에 임 조이가 얼굴을 찡그렸다.

"놀러 왔네. 이웃 주민이잖나."

"그런데 왜 토방에 숨었나요?"

"주인장 체면도 있고……."

임 조이의 말에 박순애가 고개를 저었다.

"오늘 같이 계실 줄은 몰랐지만, 두 분의 관계는 이미 다 알고 있습니다."

박순애의 말에 땅에 떨어진 탕건을 집어든 심만지가 말했다.

"동네 주민들이 얘기해줬겠군. 하여튼, 이놈의 웃대는 마음에 안 들어. 조용히 얘기하세. 누가 들으면 안 되니까."

그러면서 자연스럽게 대청에 가서 앉았다. 주저하던 임 조이 역시 그 옆에 가서 앉았다. 심만지가 임 조이의 손을 잡는 걸 본 박순애가 말했다.

"임 조이는 과부고, 별감께서는 홀아비로 알고 있으니 그 자체가 문제가 되지는 않습니다. 해봤자 동네에서 소소한 이야깃 거리나 웃음거리 정도겠죠."

임 조이의 손을 잡은 심만지가 대답했다.

"정을 통한 지 5년이 넘었네. 살림을 합치고 싶었으나, 이런저런 일로 왕래를 하는 중이지. 그 집 아들도 알고, 우리 딸도 알고 있지."

"그럼 어제 아침에도 두 분이 같이 있었습니까?"

박순애의 물음에 임 조이가 고개를 끄덕거렸다.

"강돌이를 보내고 나서 바로 건너왔어. 이분이 딸밖에 없어서 끼니를 챙겨줄 사람이 없거든."

"그러면 옆집에서 비명 같은 건 못 들으셨나요?"

임 조이가 아무 대답도 하지 않았다.

"사실대로 얘기하지 않으면 두 분이 가장 유력한 용의자가 될 겁니다."

"우리가 왜?"

억울하다는 표정을 지은 심만지의 물음에 박순애가 딱 잘라 말했다.

"두 분이 정을 통하고 있다는 걸 며느리가 알았다면요?"

임 조이가 퉁명스럽게 대꾸했다.

"걔가 안다고 뭘 어쩌겠어?"

"하지만 옛 사돈댁으로 얘기가 들어가면 모르는 일이죠."

박순애의 말에 임 조이의 표정이 어두워졌다.

"걔가 설마 그러겠어."

"그 얘기는 만약 그런 시도를 했다면 어떻게든 막으려고 했다는 뜻이겠네요."

박순애의 날카로운 추궁에 임 조이가 흠칫 놀랐다. 편곤을 한 손에 쥔 박순애가 두 사람 앞에 서서 말했다.

"그날 아침에 강돌이를 보내고 나서 다툼이 있었겠죠. 그러다가 며느리가 당신의 치부를 건드렸고, 그게 두렵고 화가 난 당신은 옆집으로 와서 별감에게 억울함을 호소했을 겁니다."

심만지가 뭐라고 얘기하려 했지만 박순애의 날카로운 눈빛에 막히고 말았다.

"두 사람은 며느리가 혼자 있는 집으로 돌아왔습니다. 며느리는 시어머니가 옆집에 가면 오랫동안 돌아오지 않는다는 사실을 알고 있었기 때문에 다시 잠을 자기 위해 속적삼 차림으로 이불에 누워 있었겠죠. 놀란 며느리가 일어나려고 하자 아마 당신이……."

박순애는 심만지 옆에서 부들부들 떨고 있는 임 조이를 노려봤다.

"며느리의 두 손을 꽉 잡았을 겁니다. 놀란 며느리가 꼼짝 못하고 있을 때 당신이……."

임 조이를 바라보던 시선을 옆으로 돌려서 심만지를 노려본 박순애가 말했다.

"칼을 들고 뒤로 돌아갔겠죠. 그리고 앞에 있는 시어머니를 보느라 정신이 팔려 있던 며느리를 찌른 겁니다."

마른 침을 삼킨 심만지가 옆에 앉은 임 조이를 바라봤다. 혹시나 둘이 덤벼들까봐 박순애는 한 걸음 뒤로 물러나서 편곤을 단단히 움켜쥐었다. 한참을 바라보던 두 사람은 약속이나 한 듯 고개를 끄덕거렸다. 먼저 입을 연 것은 임 조이였다.

"사실, 그날 아침에 무슨 소리를 듣기는 했네."

"어떤 소리요?"

"그냥 며느리 목소리였어. 그러고 나서 짧은 비명 같은 게 들리긴 했어."

"그런데 안 가보신 겁니까?"

박순애의 물음에 대답을 한 것은 심만지였다.

"내가 말렸네."

"왜요?"

"무슨 변고가 일어났으면 이 사람이 첫 번째 목격자가 되지 않겠나? 그럼 어디에 있었는지, 누구와 있었는지 알려지게 될 게 뻔했고 말이야."

심만지의 대답을 들은 박순애가 다시 임 조이를 봤다.

"그래서 안 가보신 겁니까?"

"못 가봤지. 이 사람이 말리기도 했고, 겁도 났고 말이야."

"그렇게 있다가 아들이 돌아왔을 때 맞춰서 나타나신 겁니까?"

"아들이 오면 무슨 일인지 알 수 있을 거라고 생각했어."

임 조이의 대답을 들은 박순애가 말했다.

"보통 어머니라면 아들을 지켜주기 위해 먼저 나설 텐데, 반대네요."

"무슨 비난을 들어도 변명할 수 없다는 거 알아. 그런데 말이야. 나는 정말 그런 끔찍한 일이 벌어진 줄은 몰랐어. 이 사람도 마찬가지였고."

임 조이가 바라보자 심만지가 고개를 끄덕거렸다.

"사실이라네. 누군가가 해를 당했으리라고는 꿈에도 생각하지 못했네. 기껏해야 도둑이 들었을 거라고 생각했지."

"어쨌든 살인이 벌어졌을 때 두 사람은 가장 현장에 가까이 있었고, 소리까지 들었습니다. 거기다 결정적으로 두 사람이 이곳에만 있었다는 걸 확인해줄 사람이 없네요."

박순애의 말에 심만지가 다급하게 말했다.

"아니, 그때 우리와 같이 있던 사람이 있었어."

"그게 누굽니까?"

박순애의 물음에 심만지가 대답하려는 찰나, 임 조이가 팔을 잡았다. 말하지 말라는 뜻이었는지 심만지는 도로 입을 다물었다. 임 조이가 심만지를 다독거리며 박순애를 쳐다봤다.

"내 입으로 말하는 게 좋겠어."

잠시 뜸을 들인 그녀가 입을 열었다.

"사실은 아이가 들어섰네."

"뭐라고요?"

놀란 박순애의 물음에 심만지가 얼굴을 붉혔다.

"나이가 있어서 설마 했었네. 어디에 얘기를 할 수도 없는 노릇이고 말이야."

심만지의 얘기를 들은 박순애는 비로소 두 사람의 처지가 이해가 갔다. 사사롭게 정을 통한 것도 손가락질을 받을 일인데 늦은 나이에 아이까지 임신했다면 곤혹스러울 수밖에 없었을 것이다. 가장 유력한 용의자들이지만 이렇게 치부까지 드러낼 정도로 털어놓은 걸 보면 범인이 아닐 가능성이 높았다. 하지만 확인은 해야 할 것 같았다. 그때 대문이 삐걱거리며 열리는 소리가 들렸다. 박순애가 고개를 돌리자 낯익은 얼굴이 보였다.

"당신은?"

어제 박아지의 시신을 함께 살펴봤던 늙은 산파가 어리둥절한 표정으로 박순애를 바라봤다.

"다모가 여긴 웬일이야?"

안방으로 자리를 옮긴 박순애가 늙은 산파 앞에 섰다. 두 사람의 눈치를 보던 늙은 산파가 입을 열었다.

"어제 오전에 내가 이 집에 있었네."

"두 사람과 같이 있었습니까?"

"그럼. 별감께서 은밀히 와달라고 해서 아침 일찍 찾아왔지. 그랬더니."

임 조이의 눈치를 슬쩍 살핀 늙은 산파가 계속 말을 이어갔다.

"저분이 안방에 누워 계시지 뭔가. 깜짝 놀랐는데, 별감께서 사정을 설명하시더라고."

"그래서 임 조이를 살펴보셨나요?"

"상태를 봐달라고 해서 배를 살살 눌러보고 달거리가 언제 끊겼는지 물어봤어. 노산이라 걱정을 해서 이것저것 필요한 걸 얘기해주고 있었지."

"언제 오신 거죠?"

"일찍 와달라고 해서 할아범 밥 차려주고 바로 왔지. 해가 뜨기 직전이었을 거야."

남자 종인 강돌이가 나가고 임 조이가 나온 시간과 거의 비슷했다.

"옆집에서 이상한 소리를 못 들었습니까?"

"비명까지는 모르겠지만 무슨 이상한 소리가 나긴 했지. 그래서 바깥을 내다보니까 좀 더 큰 소리가 났는데, 누워 있던 임 조이가 일어나서 가보려고 하니까 별감께서 말리셨어."

"뭐라고 하던가요?"

"지금 가면 나중에 봉변을 치를지도 모른다고 했어. 임 조이가 며느리 목소리 같다고 하자, 동네에서 얼굴을 못 들고 다닐 수도 있다고 했어. 그러고는 나한테도 얼른 돌아가라고 하더라고."

"그래서요?"

"바로 집으로 돌아갔지. 그리고 얼마 후에 와달라고 해서 갔더니……."

늙은 산파는 말을 잇지 못했다. 그때를 떠올린 박순애는 늙은 산파의 착잡한 표정을 떠올렸다. 처음에는 시신을 보고 놀라서 그런 줄 알았지만 사실은 복잡한 뒷사정이 있었던 것이다. 박순애의 표정을 살피던 심만지가 갑자기 무릎을 꿇었다.

"내가 무릎 꿇고 부탁하지. 이 사람은 아무 잘못이 없네. 그러니 부디 조사를 하려거든 나만 데려가게. 나이도 많은데 임신까지 해서 포도청에 끌려가면 못 버틸 거야. 그러니 제발 나만 데려가주게."

심만지의 그런 모습에 임 조이는 고개를 돌린 채 울었다. 그 모습을 본 박순애는 늙은 산파를 바라봤다.

"저도 입 다물고 있을 테니까 모른 척하세요."

"그, 그럼. 물론이지."

늙은 산파에게 입단속을 하라고 얘기한 박순애는 포도청에서 조사하지 않겠다는 말을 남기고 일어났다. 그러자 심만지와 임 조이는 고맙다는 말을 하면서 손을 맞잡았다. 비록, 며느리가 변을 당했을 때 가보지 않긴 했지만 그럴 만한 사정이 있었다. 거기다 설마 사람이 죽었으리라고는 생각조차 못 했을 것이다. 이런저런 사정들이 겹쳤고, 앞으로 두 사람이 겪을 일들이 만만치 않을 것이라는 생각에 박순애는 따로 조사하지 않기로 판단한 것이다. 문밖까지 따라 나온 심만지가 고마운 표정으로 말을 건넸다.

"그날 오전에 웃대를 다니던 매분구가 한 명 있었네."

"얘기를 듣긴 했습니다만. 수상한 점이 있었습니까?"

"그런 건 아닌데, 임 조이가 나왔을 무렵에 근처에 있었어. 마중을 나왔다가 보았지."

"어디쯤에요?"

심만지가 골목길 아래쪽을 가리켰다.

"저쪽."

"올라오고 있었나요?"

"아니, 그냥 서 있었네. 그때는 별생각이 없었는데, 지금 떠올려보니 꼭 감시라도 하는 것처럼 보였어."

아무래도 동궁을 지키는 별감으로 있다보니까 그런 쪽으로 예민한 것 같았다. 그 얘기를 들은 박순애가 물었다.

"멸화군도 순찰을 돌았다면서요?"

"두 명이었네. 더그레에 전립을 쓰고 다녀서 포졸이냐고 물어봤더니 멸화군이라고 했어."

딱히 도움이 되는 얘기는 아니었지만 뭐라도 해주고 싶은 마음은 충분히 느껴졌다. 인사를 나누고 헤어진 박순애는 골목을 내려오면서 한숨을 쉬었다.

"살인이 벌어졌는데 살인자를 못 찾겠어."


우포도청으로 돌아온 박순애는 기다리고 있던 종사관에게 간단하게 보고를 했다. 물론 임 조이와 심만지의 얘기는 뺐다. 종사관은 초조한 표정으로 오늘도 포도대장의 물음이 있었다면서 서두르라고 말했다. 알겠다는 대답을 하고 물러난 그녀는 간단하게 요기를 한 후 말을 타고 숭례문을 빠져나왔다. 보름달이 뜨면 그곳에 모여서 시회를 여는 김금원과 동료들을 만나기 위해서였다. 이제 그녀들을 만날 시간이 찾아온 것이다. 신세를 지는 것 같아서 미안했지만 뚜렷한 단서가 나오지 않는 이상 어쩔수 없었다. 오후에 접어들면서 해가 높이 떴다. 하지만 더위를 느낄 사이도 없이 그녀는 말을 몰아서 용산으로 향했다. 늦은 오후, 강가의 절벽 위에 자리 잡은 삼호정에 도착하자 그녀들은 마치 꿈처럼 그곳에 있었다. 두툼한 가채에 금실과 은실로 수를 놓은 비단 치마와 저고리, 그리고 명나라에서 건너온 값비싼 장신구로 치장한 모습이었다. 하지만 박순애는 그녀들의 마음이 더없이 공허하다는 걸 잘 알고 있었다. 관기 출신의 소실이라는 불안전한 삶이 그녀들 앞에 놓여 있었기 때문이다. 생황과 비파에 맞춰 시를 읊던 그녀들은 말에서 내려 힐떡거리는 박순애를 말없이 바라봤다. 그중 박순애와 나이가 비슷한 임혜랑이 먼저 입을 열었다.

"올라와서 한잔할래요?"

이번에는 박순애도 거절하지 않았다. 계단을 밟고 삼호정으로 올라간 그녀는 임혜랑이 건넨 술을 한잔 마셨다. 박순애가 단숨에 술잔을 비운 걸 본 김금원이 물었다.

"눈빛이 흔들리고 있네. 마음은 더 흔들리고 있을 거고."

"웃대에서 살인 사건이 벌어졌습니다."

박순애의 말을 들은 이운초가 끼어들었다.

"웃대라면 경복궁 근처 아닌가? 저런⋯⋯."

죽은 사람은 누구냐는 김금원의 물음에 박순애가 대답했다.

"올봄에 혼인한 새색시입니다. 자기 집 안방에서 잠을 자다가

변을 당한 것 같습니다."

"윗대에 있는 집에서 말인가?"

"네. 속적삼 차림이었고, 손목에 멍이 든 흔적이 있긴 하지만 방 안은 깨끗했습니다."

이번에는 박죽서가 물었다.

"사인은?"

"칼로 목과 등을 여러 번 찔렸습니다. 방 안에 깔린 이불은 온통 피로 흥건했습니다."

박순애는 사건의 자초지종을 말했다. 차분하게 듣던 김금원이 고개를 갸웃거렸다.

"윗대라면 사는 사람들이 적지 않았을 텐데 비명을 듣지 못했다는 게 이상하군."

"속적삼 차림이었던 것도 이상합니다. 누가 왔다면 그런 차림으로 이불에서 맞이하지는 않았을 겁니다."

"정황상으로 보면 시어머니가 밖에 나간 뒤 다시 옷을 벗고 잠이 든 것 같군. 아마 남편이 숙직을 마치고 오기 전에 잠깐 눈을 붙인 모양이야."

"시어머니는 며느리가 빗장을 채우는 소리를 들었답니다. 그러니 담장을 넘지 않는 이상 누군가 침입하는 건 불가능합니다."

"오가는 사람들이 많았고, 소리도 많이 들렸을 것이니 담장을 넘지는 않았을 거야. 혹시 확인해봤는가?"

"네, 담장을 밟고 넘어간 흔적은 없었습니다."

김금원을 비롯해서 회원들이 돌아가면서 질문 공세를 펼쳤다. 박순애가 차례대로 대답하자 김금원이 난간에 팔을 기댄 채 중얼거렸다.

"괴이한 일이로군."

말은 그렇게 했지만 더없이 흥미롭다는 표정이었다. 그런 김금원에게 박순애가 조심스럽게 말했다.

"저 혼자 힘으로는 어려울 거 같아서 도움을 요청하러 왔습니다."

"궁궐 근처인 웃대에서 사람이 죽었으니 관할하는 우포도청은 발칵 뒤집어졌겠지."

"그것도 그렇지만 죽은 여인의 사정이 안타까워서 그렇습니다."

"하긴, 이불에 편안히 누워 온 가족이 모인 가운데 생을 다하는 것과는 다른 죽음이니까. 자네가 생각하는 용의자는?"

"일단, 남편 최빈과 사별한 부인 집안입니다. 예전 장인이 노비를 돌려달라고 송사를 하고, 직접 찾아오기도 한 모양입니다."

"그 사람은 아닐 거야."

김금원이 딱 잘라 말하자 박순애가 물었다.

"왜 그렇게 생각하십니까?"

"일단 그날 오전에 웃대에 나타났는지 확인하면 간단한 일이
잖아. 거기다 집에 혼자 남은 며느리가 속적삼 차림으로 문을
열어줄 리가 없지. 전 부인의 아버지라면 분명 나이가 들었을
터인데 웃대의 집들은 담장이 높아서 쉽지 않을 거야."

"저도 그렇게 생각합니다. 한편으로 죽은 며느리와 마지막으
로 있었던 사람은 시어머니이긴 한데 체구도 작고 힘이 약해 보
였습니다. 거기다……."

"조선의 그 어떤 며느리도 시어머니 앞에서 속적삼 차림으로
있지는 않겠지."

김금원이 딱 잘라 말하자 박순애가 고개를 끄덕거렸다.

"맞습니다. 특히 혼인을 한 지도 얼마 안 되어서 말입니다."

"우리를 찾아온 건 점찍었던 용의자들이 아니라는 물증을 발
견해서겠지?"

"네. 오기 전에 두 사람의 행적을 확인했는데 며느리가 죽은
어제 오전에는 그곳에 없었습니다. 시어머니가 나가기 전에 집
안에는 솔거노비가 있었는데, 그쪽 역시 행적을 확인했고요."

"그 밖에 특이사항은?"

"과부가 된 시어머니가 이웃집 남자와 정을 통하고 있었습니

다. 사실 그쪽이 범인이 아닐까 해서 추궁해보았지만 아니었습니다."

박순애의 말에 김금원이 딱 잘라 말했다.

"홀로 된 여인이라는 게 문제가 될 건 없어. 며느리가 그걸 알았다고 해도 어떻게 손을 쓸 수는 없잖아. 그렇다면 그걸 감추기 위해 시어머니가 며느리를 죽일 이유도 없지."

"맞습니다."

김금원은 힘없이 대답한 박순애에게 물었다.

"낯선 사람들은 없었대?"

"동네 주민들 말로는 매분구 한 명이 돌아다녔고, 멸화군이 순찰을 돌았답니다."

"멸화군이라."

잠시 혼잣말을 중얼거리던 김금원이 동료들을 둘러보며 말했다.

"한양에서 사람이 가장 많은 곳에서 살인 사건이 발생했는데 범인은 오리무중이네."

김금원의 말에 박죽서가 대답했다.

"칼이 저절로 날아와서 여인의 목을 찌르지는 않았겠지. 범인은 최소한 두 명이었을 거야."

"그렇지. 한 명이 손목을 잡고 움직이지 못하게 하는 사이, 다른 한 명이 뒤에서 칼로 내리찍었을 거야. 여인이 이불에 앉아 있는 상태였다면 피가 이불 밖으로 멀리 튀지는 않았겠지."

박죽서의 얘기를 들은 임혜랑이 끼어들었다.

"범인이 둘이고, 비명이 크게 들리지 않았다면 적어도 한 명은 아주 가까운 사이나 믿는 사이였을 수 있어요."

임혜랑의 얘기에 이운초가 고개를 끄덕거렸다.

"그렇지. 모르는 사람이라면 분명 경계를 했을 텐데 말이야."

한 명씩 돌아가면서 하는 얘기를 들은 박순애가 입을 열었다.

"올봄에 혼인을 했고, 주변과는 왕래가 별로 없었답니다. 실제로 주변 사람들도 그 집 며느리를 별로 본 적이 없다고 했고요."

"당연하지. 시집온 지 얼마 되지도 않았는데 바깥출입이 많으면 이런저런 말들이 나오잖아."

김금원의 말에 다른 회원들이 모두 고개를 끄덕거렸다. 박순애는 입고 있는 요선 철릭의 품속에서 작게 접은 종이를 꺼냈다.

"우포도청의 오작인이 검시한 검시장식입니다. 혹시나 도움이 될까 해서 가져왔습니다."

"살인은 말이야. 관계에서 시작되어서 관계로 끝나."

김금원의 얘기에 다들 고개를 끄덕거렸다. 하지만 박순애는 무슨 뜻인지 몰라서 그녀를 바라봤다.

"사람이 사람을 왜 죽일까? 가장 흔한 건 욕심 때문이지. 하지만 그 집에서 없어진 건 없잖아."

"네."

"그럼 남은 걸 따져봐야지. 누가 칼을 들 정도로 그녀를 미워했을까? 혹은 분노를 터뜨릴 만한 존재는 누구일까."

"혼인한 지 몇 달 안 되었는데, 그런 사람이 있었을까요?"

박순애의 반문에 김금원이 딱 잘라 말했다.

"한 집안의 며느리가 아니라 그 사람 자체로 봐야지. 말 그대로, 그 여인이 며느리로 산 것은 몇 달 되지 않았잖아."

"그럼, 그 이전의 행적을 확인해보라는 얘긴가요?"

"사건이라는 건 우연의 우연이 겹쳐서 벌어질 수도 있어. 그런 걸 찾아내려면 관계의 밑바닥까지 들여다봐야 해. 동네 주민들 탐문은 누가 했지?"

"포졸에게 부탁했습니다."

"나라면 어디서 들은 게 있어도 절대 입을 열지 않을 거야. 잘못 얘기했다가는 오라 가라 귀찮게 할 게 뻔하고, 잘못하면 누명을 쓸 수도 있잖아. 포도청에서 범인을 못 잡으면 첫 번째 목격자를 범인으로 모는 건 어제오늘 일이 아니라서 말이야."

당장 심만지도 그런 말을 했었다. 김금원이 하는 말이 전부 사실이라서 박순애는 별다른 반박을 하지 못했다. 그런 박순애에게 김금원이 말했다.

"동네 주민들과 편하게 얘기를 나눴던 사람을 찾아봐. 그 사람이 포도청에서는 알 수 없는 진짜 얘기를 들려줄 거야."

누가 적당할지 물어보려던 박순애의 머릿속에 한 명이 떠올랐다.

"그날 웃대에 왔다던 매분구를 만나보면 되겠군……."

박순애가 중얼거리는 얘기를 들은 김금원이 물었다.

"그날 매분구가 웃대에 나타났다고 했지?"

"네. 아침에 돌아다니는 걸 본 사람들이 있습니다."

"멸화군도 드나들었고?"

"네, 두 명이 포졸 복장으로 다녔다고 했습니다."

대답을 들은 김금원이 임혜랑을 바라봤다. 고개를 저은 임혜랑이 입을 열었다.

"원래 아침나절에는 매분구가 잘 다니지 않아요."

"뭐라고요?"

"생각해보세요. 여인들에게 화장품을 팔고 화장을 해주는 일을 하는데 아침에 돌아다닐 이유가 없잖아요. 다들 가족들 밥 해주느라 바쁠 시간인데요."

"아!"

생각지도 못한 얘기를 들은 박순애는 입을 다물지 못했다. 이운초도 말을 이었다.

"웃대에 나타난 멸화군도 좀 이상해."

"뭐가요?"

"멸화군이 순찰을 도는 건 주로 새벽이나 바람이 많이 부는 날이지. 그날 바람이 많이 불었나?"

"아뇨. 전혀요."

"바람도 안 불었는데 애매한 시간대에 순찰을 돌았다는 얘기는……."

잠시 생각에 잠겨 있던 김금원이 대답했다.

"양쪽이 연관이 있을 거야."

"매분구와 멸화군이 말입니까?"

"일단 멸화군이 그때 웃대에 순찰을 돌았는지 확인해보는 게 우선이지."

김금원의 얘기를 들은 박순애가 말했다.

"만약 양쪽이 서로 아는 사이라면, 서로 역할을 나눴겠군요."

"아마도. 그러니까 한번 확인해봐."

"알겠습니다."

박순애의 대답을 들은 김금원이 한숨을 쉬었다.

"세상은 고요한데 죽음은 끊이지 않는군."

그 말을 곱씹으며 일어난 박순애는 고맙다는 인사를 남기고 계단을 내려왔다. 그리고 말에 올라탄 채 한양으로 돌아갔다.

숭례문을 통과할 무렵, 해는 거의 저물고 서둘러 들어가려는 사람들로 북적였다. 숭례문을 지난 박순애는 곧장 운종가의 보신각으로 향했다. 그리고 말에서 내려 2층으로 올라갔다. 난간에 기대서서 주변을 살피던 중년의 멸화군이 발소리에 고개를 돌렸다. 박순애가 말했다.

"우포도청 소속 다모 박순애라고 합니다. 며칠 전에 웃대에 순찰을 간 멸화군이 누군지 알아보러 왔습니다."

질문을 받은 멸화군이 놀란 표정을 지었다.

"웃대에 우리가 순찰을 나갔다고?"

"주민들이 오전에 순찰을 나온 멸화군 두 명을 봤다고 했습니다."

"잘못 봤겠지."

"네?"

놀란 박순애에게 멸화군이 말했다.

"우린 웃대 쪽은 순찰하지 않아. 숫자가 50명밖에 없는데 어떻게 거기까지 돌아봐."

"정말입니까?"

"그리고 우린 주로 야간이나 새벽에 순찰을 돌아. 거기다 멸화군으로만 조를 짜지도 않고."

"그럼요?"

"보통 근처 경수소에 있는 시위패나 순찰을 도는 포졸들과 동행해. 우리끼리만 돌지는 않는다고."

그러면서 옆에 있는 작은 종을 가리켰다.

"낮에는 이렇게 보신각에서 화재를 감시하고 말이야. 불이 나면 이걸 쳐서 신호를 보내지."

"그럼 이틀 전에 웃대에 나타난 멸화군은 진짜 멸화군이 아니란 말입니까?"

"누구인지는 모르겠지만 우린 아니야."

멸화군의 대답을 들은 박순애는 고맙다는 대답을 가까스로 남기고는 아래로 내려왔다. 김금원을 비롯한 삼호정 시회 회원들이 이번에도 단서를 준 것이다. 단숨에 우포도청으로 말을 몰고 온 박순애는 기다리고 있던 종사관에게 말했다.

"단서를 찾았습니다."

"정말인가?"

"이틀 전에 웃대에 나타난 매분구를 찾아야 합니다. 그리고 멸화군 복장을 하고 나타난 두 남자가 있었는데, 그자들도 정체를 확인해야 합니다."

"매분구와 멸화군 말인가?"

"그렇습니다. 아침에 돌아다니던 매분구가 있었는데, 매분구는 원래 그 시간에는 잘 다니지 않는다고 합니다. 그리고 보신각의 멸화군에게 확인해봤는데 그 시각 웃대 순찰을 돌지 않았다고 하였습니다."

"그럼 두 쪽 다 가짜란 말인가?"

"확실한 건 모르겠지만 박아지가 죽은 시간대에 그곳에 있었으니 조사를 해봐야 할 거 같습니다."

"알겠네. 내일 날이 밝는 대로 포도대장께 아뢰고 그들을 찾아보겠네."

다음 날, 우포도청의 포졸들이 한양 곳곳으로 흩어졌다. 사흘 전, 웃대에 나타난 매분구와 가짜 멸화군을 찾기 위해서였다. 위에서 내려오는 어마어마한 압박때문인지 포졸들은 그야말로 한양을 이 잡듯이 뒤졌다. 박순애 역시 매분구들을 찾아다녔다. 결국 이틀 만에 가짜 멸화군은 못 잡았지만 웃대에 나타난 매분구가 붙잡혔다. 박순애에게 그녀를 심문하라는 종사관의 지시가 내려졌다. 박순애는 종사관에게 몇 가지 알아봐달라고 부탁을 하고는 매분구를 심문하러 갔다. 우포도청에 잡혀온 매분구는 여옥사에 감금된 상태였다. 옥졸이 주먹만 한 자물쇠를 풀고

문을 열자 구석에 기대 앉아 있던 매분구가 고개를 들었다. 잡히는 과정에서 반항을 했는지 입술이 터져 있었고, 한쪽 눈도 멍이 들어 있었다. 칼을 씌우지는 않았지만 발목에는 나무로 된 목착고를 채웠다. 원래 아녀자에게 채우지는 못하게 되어 있었는데 마음이 급한 포졸들이 무시한 것 같았다. 한숨을 쉰 박순애가 맞은편에 앉았다. 고개를 든 매분구가 박순애를 노려봤다. 박순애 또래로 보이는 매분구는 약간 찢어진 눈에 낮은 코, 평평한 이마에 눈 주변에는 주근깨가 가득했다. 집집마다 다니며 장사를 해서 그런지 아녀자들이 가지고 있는 포근함이나 조심스러움 대신 경계심이 가득한 눈빛을 가지고 있었다. 매분구가 와룽모는 벗었지만 요선 철릭 차림의 박순애를 향해 말했다.

"옷차림을 보아하니 다모로구나."

보통 사람들은 감옥에 끌려와서 발에 착고가 채워지면 겁부터 먹게 마련인데 그녀는 전혀 기가 죽지 않았다. 고개를 끄덕거린 박순애가 대답했다.

"박순애라고 해. 네 이름은?"

"화리야. 견평방에서 장사를 하다가 갑자기 끌려왔어. 아무리 포도청이라고 하지만 이럴 수 있어?"

"듣기로는 반항을 했다고 하던데? 포졸 한 명이 코가 부러졌어."

"갑자기 나타나서 그랬지. 그리고 요즘 포졸 복장으로 도둑질을 하는 놈들이 얼마나 많은지 알아?"

그녀의 말에 박순애가 대답했다.

"물론이지. 하지만 그런 도둑들도 대낮에 사람들 보는 앞에서 도둑질을 하지는 않잖아. 새벽이나 아침에 돌아다니지."

박순애의 말에 매분구 화리는 고개를 돌리고 입을 다물었다. 어떤 의도를 가지고 얘기를 하는 사람의 특징 중 하나였다. 거짓말이나 엉뚱한 얘기를 했다가 막히거나 반박당하면 입을 다물고 그 상황을 넘기려는 것이다. 그 사이, 종사관이 나타났다. 그녀에게 다가온 종사관이 여옥사의 두툼한 기둥 사이로 속삭였다. 박순애는 자신의 짐작이 맞아떨어진 것을 알고는 빙그레 웃었다. 그 모습을 본 매분구 화리의 표정의 굳어졌다. 다시 그녀를 바라본 박순애가 말했다.

"방금 포졸들이 네 집을 살펴봤어. 재미난 게 많이 나왔다고 하네."

"뭐라고? 왜 남의 집을 함부로 뒤지는 건데?"

"도둑과 범죄자를 잡는 포도청이니까. 직업은 화장품을 파는 매분구인데 왜 값비싼 패물들이 나온 거지?"

잠시 머뭇거리던 화리가 대답했다.

"내가 번 돈으로 산 거야."

"거짓말하지 마. 나도 범죄자를 잡기 위해 매분구로 변장하고 다닌 적이 있어서 잘 알아. 겨우 입에 풀칠하기에 바쁜데 무슨 패물이야. 집안에 돈이 많았다면 매분구 노릇을 하고 다닐 리도 없었을 것이고 말이야."

"내가 돈을 얼마나 버는지 네가 어떻게 아는데?"

"집이 엄청 허름해서 다 쓰러질 지경이라고 하네. 내가 그 정도 여유가 있었으면 집부터 옮겼을 거야. 아니면 넓히든가."

박순애가 조목조목 추궁하자 화리는 아예 눈을 감아버렸다.

"할 말 없어."

"물어보지도 않았는데?"

박순애의 말에 화리의 표정이 굳어졌다. 역시 범죄자들의 특징 중 하나였다. 상대방의 추궁에 맞서 할 말이 없다고 미리 선을 그어놓는 것이다. 보통 사람이라면 자신이 왜 끌려왔는지 적극적으로 해명하거나 알아보기 마련이다. 확신한 박순애가 물었다.

"한 가지만 대답해주면 발목에 찬 착고도 풀어주고 여기서 내보내줄게."

"뭔데?"

"며칠 전에 웃대에 갔었지?"

"웃대가 어딘데?"

매분구 화리의 대답에 박순애가 혀를 찼다.

"한양 곳곳을 다니면서 화장품을 파는 매분구가 웃대를 모르다니? 지금 거기서 벌어진 어떤 사건 때문에 포도청이 발칵 뒤집혔어. 그 얘기는 내가 뭔가를 알아내지 못하면 네가 험한 꼴을 겪는다는 걸 의미하지."

"누구 맘대로?"

계속 딴청을 피우는 그녀를 본 박순애는 가지고 온 편곤을 내리쳤다. 정확하게 착고를 차고 있는 매분구 화리의 두 발목 사이에 떨어졌다. 쿵 하는 소리에 놀란 매분구 화리의 눈이 커졌다.

"발목부터 부러뜨리고 시작할 수 있어. 그다음은 손목이고. 어느 쪽 발목부터 시작할까? 말만 해."

박순애의 싸늘한 태도에 놀란 매분구 화리가 황급히 말했다.

"아, 알았어."

편곤을 거둔 박순애가 다시 물었다.

"닷새 전 아침에 웃대에 갔었지?"

"마, 맞아. 갔었어."

"왜 아침에 간 거지?"

"왜, 왜긴. 그냥 간 거지."

매분구 화리의 대답을 들은 박순애가 혀를 찼다.

"매분구가 주로 상대하는 아녀자들은 아침에는 가족들 밥을 해주느라 바빠. 그 와중에 매분구가 왔다고 누가 눈길이나 주겠어. 안 그래?"

삼호정에서 들은 얘기를 해주자 매분구 화리의 표정이 눈에 띄게 어두워졌다. 그녀들에게 들은 몇 가지 이야기와 종사관에게 들은 정보를 토대로 박순애는 매분구 화리를 몰아세웠다.

"네가 돌아다니면서 점찍으면 가짜 멸화군이 와서 도둑질을 한 거지? 네 집에 있던 패물은 그때 함께 도둑질한 것을 나눈 거고."

"말도 안 되는 소리 하지 마."

"그럼 패물이 어디서 났고, 왜 웃대에 아침에 갔는지 말해봐. 거듭 얘기하지만 말로 묻는 건 이게 마지막이야."

"죄도 없는 사람한테 이러는 법이 어디 있어."

"웃대에서 사람이 죽은 거 알아? 네가 나타났던 그 시간에 말이야."

"그게 나랑 무슨 상관인데?"

매분구 화리가 앙칼진 목소리로 묻자 박순애가 대답했다.

"그때 웃대에 나타난 낯선 사람은 너밖에 없으니까. 가짜 멸화군하고."

"난 모른다고."

박순애가 발악을 하는 매분구 화리를 향해 말했다.

"이상하네."

"뭐가?"

"보통 사람들은 이런 상황에서 억울하다고 하지, 모른다고 하지 않거든."

"말장난 치지 마!"

매분구 화리의 말에 박순애는 혀를 차며 일어났다.

"약속대로 말로 하는 건 이번이 마지막이야. 하필이면 죽은 여인의 남편이 궁궐에서 일을 하는 관리라서 위에서 내려오는 압박이 장난이 아니야."

"저, 정말?"

"그래. 없는 죄도 만들어낼 기세야. 아마 살아서 나가도 두 발로 걸어 나가지는 못할 거야."

으름장을 놓은 박순애가 문을 열고 나가려 하자 매분구 화리가 황급하게 말했다.

"자, 잠깐!"

"늦었어."

매몰차게 말한 박순애가 진짜로 나가려고 하자 매분구 화리가 다급한 표정을 지었다.

"다, 다 말할 테니까 제발 고문은 하지 말아줘."

애원조로 바뀐 그녀의 말에 박순애는 못 이기는 척하고 다시 문을 닫았다.

"좋아. 다 털어놓으면 우리도 고문을 할 이유가 없지."

"나는 시키는 대로 했을 뿐이야."

"누가 시킨 건데?"

"풍가이라는 자야."

"누군데?"

"강대 사람이야. 경강에서 무리를 지어서 도둑질을 해."

"어떻게 생겼는데?"

"이마가 넓고, 코가 납작하고 수염을 잔뜩 길렀어. 그리고 코와 뺨에 칼자국이 크게 있어."

"그자가 너한테 시킨 거야?"

박순애의 물음에 매분구 화리가 필사적으로 고개를 끄덕거렸다.

"매분구 노릇을 하며 힘들게 살 때 나타났어. 나한테 자기를 도와주면 풍족하게 먹고살 수 있게 해준다고 해서 그만……."

"어떤 방식으로 그놈을 도왔어?"

"그러니까, 내가 화장품을 팔러 다니면서 도둑질할 만한 곳을 점찍어주면 그놈이 패거리랑 같이 덮치는 방식이었어."

"멸화군으로 변장을 하고?"

매분구 화리는 박순애의 물음에 힘없이 대답했다.

"보통은 포졸로 변장을 했는데 웃대가 우포도청 근처라서 혹시나 진짜 포졸과 마주칠 수 있다고 멸화군으로 변장했어."

"박아지의 집은 어떻게 들어간 건데?"

"아침에 웃대를 기웃거리는데 문이 열리면서 누가 나가는 걸 봤어."

"나이 든 아주머니였지?"

임 조이를 떠올리며 묻자 매분구 화리가 고개를 끄덕거렸다.

"두 사람이 하는 얘기를 엿들었는데, 남편이 아직 돌아오지 않았다고 해서 집에 여자와 아이 정도만 있을 거라고 생각했어."

"빗장을 채웠을 텐데 어떻게 들어간 거야?"

"도구를 썼어."

"도구?"

"목수들이 쓰는 쇠로 된 자의 끝을 꺾어놨어. 그걸 문틈에 밀어 넣어서 빗장을 끌어올려. 대부분 집은 대문 사이에 손가락이 들어갈 만한 틈이 있거든."

매분구 화리의 얘기를 들은 박순애는 저도 모르게 한숨을 내뱉었다. 빗장을 채우면 안심해도 된다고 생각했는데 그게 아니었던 것이다.

"그렇게 안으로 들어가서 그 집 며느리와 마주친 거야?"

"안방에서 속적삼 차림으로 자고 있었어. 원래 여자와 아이만 있으면 간단했어. 칼을 꺼내서 가만있으라고 협박하면 그만이었거든."

"그런데 왜 박아지한테는 칼을 휘두른 거지?"

질문을 받은 매분구 화리는 얼굴을 잔뜩 찡그린 채 대답했다.

"아는 사이였어."

놀란 박순애가 아무 말도 못 하자 매분구 화리가 처연하게 웃었다.

"견평방에서 같은 동네에 살았어. 우리 아버지와 걔네 아버지가 장기 친구였거든."

"그런데 어쩌다가?"

박순애가 말을 잇지 못하자 매분구 화리가 차가운 한숨을 쉬었다.

"어쩌다 매분구 노릇을 하게 됐냐고? 아버지 도박 때문이지. 장기로는 성이 안 찼는지 투전판에 뛰어들었고, 돈을 다 날리고는 자취를 감추셨지. 어머니는 아버지 빚에 시달리다가 돌아가셨고. 정신 차려보니까 집이고 뭐고 다 없어져서 매분구로 나설 수밖에 없었어. 그러다가 풍가이를 만난 거고."

"아는 사이였는데 왜 해친 거야?"

"내가 죽인 게 아니야. 그럴 생각도 없었어."

"그러면 왜?"

박순애가 쳐다보자 매분구 화리가 당장이라도 울 것 같은 표정으로 말했다.

"속상했어. 어릴 때는 친구로 지냈는데 나는 도둑 앞잡이 노릇이나 하고 있고, 누구는 시집 잘 가서 그 시간에 잠을 자고 있었으니까 말이야. 처음에는 둘 다 너무 놀라 어리둥절했는데, 어느새 안방으로 들어가서 얘기를 나누게 됐지."

그제야 박순애는 왜 박아지가 속적삼 차림이었는지 이해가 갔다. 어린 시절 동네 친구였던 데다가 갑작스럽게 마주쳤으니 옷을 입을 틈이 없었던 것이다. 매분구 화리의 말이 이어졌다.

"그런데 내가 들어오라는 신호를 하지도 않았는데 멸화군으로 변장한 풍가이와 동료가 들이닥쳤어. 한 명은 대문의 빗장을 채우고 바깥을 감시했고, 풍가이는 곧장 우리한테 왔어."

"그러면서 일이 틀어졌군."

"맞아. 풍가이는 멸화군이라면서 아궁이를 살펴보러 왔다고 했지만, 걔가 가짜라는 걸 대번에 눈치 챘어. 어릴 때부터 눈치는 정말 빨랐거든."

천천히 눈을 깜빡인 그녀가 말을 이어갔다.

"상황이 순식간에 복잡하게 돌아갔어. 걔는 날 보고 무슨 일이냐고 묻는데 자꾸 목소리가 높아졌어. 웃대는 집들이 다닥다닥 붙어 있어서 소리가 나면 금방 들통이 나. 그래서 내가 걔 손을 잡고 진정하라고, 괜찮다고 말하는데."

그다음 상황은 차마 말하지 못하겠는지 매분구 화리는 입을 다물었다. 그녀를 대신해서 박순애가 얘기했다.

"뒤에서 풍가이가 칼로 찔렀군."

"그때 칼에 찔린 걔 표정을 잊을 수가 없어. 피가 막 튀고, 멍하게 있다가 손에 힘이 빠지는데……."

차마 말을 끝맺지 못한 매분구 화리가 고개를 숙인 채 소리 없이 울었다. 그런 그녀에게 박순애가 물었다.

"풍가이는 지금 어디 있지?"

"마포나 양화 나루터 근처에 숨어 있을 거야. 잠잠해질 때까지 조용히 있겠다고 했어."

"너는 왜 도망치거나 숨지 않았지?"

"며칠은 그랬어. 그런데……."

고개를 든 매분구 화리가 눈물을 떨구며 덧붙였다.

"자꾸만 꿈에 죽은 걔가 나타나서 다시 일을 다녔어. 일을 해야 잊어버릴 수 있을 것 같아서 말이야."

"잘못은 도망친다고 잊어버릴 수 있는 게 아니야."

박순애의 얘기에 매분구 화리가 물었다.

"그럼?"

"뉘우치고 처벌을 받아야지 잊을 수 있어."

매분구 화리는 아무 말 없이 고개를 끄덕거렸다. 조용히 일어난 박순애가 밖으로 나가서 옥졸에게 말했다.

"아녀자에게는 착고를 채우지 못하게 되어 있잖아요. 풀어주세요."

옥졸이 떨떠름한 표정으로 알겠다고 대답했다. 여옥사를 나온 박순애에게 바깥을 서성거리던 종사관이 다가왔다.

"자백을 하였느냐?"

"풍가이라는 자의 소행입니다."

"그자가 멸화군으로 변장을 하고 웃대에 나타난 건가?"

"동료와 함께요. 매분구는 앞잡이 노릇을 했고 말입니다. 코가 납작하고 수염을 잔뜩 길렀답니다. 그리고 코와 뺨에 칼자국이 크게 있다고 하니까 찾기는 어렵지 않을 겁니다."

"어디에 숨었다고 하던가?"

"마포나 양화 나루터랍니다. 그곳을 근거지로 해서 도둑질을 했던 모양입니다."

"알겠네. 당장 포졸들을 보내서 샅샅이 뒤지도록 하겠네."

수고했다는 말을 남긴 종사관이 바쁘게 걸어갔다. 한숨을 돌린 박순애는 우두커니 서서 세상을 바라봤다.

박순애는 삼호정 시사의 다음 모임에 참석했다. 그녀의 자리는 자연스럽게 마련되어 있었다. 방석에 앉은 그녀가 와룽모를 벗자 김금원이 물었다.

　"사건은?"

　"닷새 전에 도망 다니던 풍가이라는 자를 잡았습니다. 그자가 매분구 화리를 앞세우고, 포졸이나 멸화군으로 변장해서 도둑질을 하고 다녔습니다."

　"도둑질을 하던 자들이 왜 살인까지 저지른 거지?"

　"매분구 화리와 그 집 며느리인 박아지가 아는 사이였답니다. 박아지가 놀라서 소리를 지르려고 하자 풍가이가 칼로 찔렀답니다."

　"저런, 얼굴을 알아봐서 살인을 저지른 게로군."

　"그렇다고 자백했습니다. 살인을 저지르고 양화 나루에 숨어 있다가 포졸들에게 붙잡혔습니다. 패거리들도 거의 다 끌려왔고요."

　"죽은 사람이 살아 돌아오지는 않겠지만 어쨌든 사건은 해결되었군."

　"하지만 찝찝합니다."

　"왜?"

　김금원의 물음에 주저하던 박순애가 대답했다.

"매분구 화리의 사연 때문입니다. 아버지가 도박에 빠져서 집 안이 풍비박산이 나고 말았습니다. 그래서 매분구 노릇을 하다 가 나쁜 길로 빠져든 겁니다."

박순애의 얘기를 들은 이운초가 말했다.

"저런, 안타까운 사연이네. 하지만 가난하다고 전부 다 죄를 지으면서 살지는 않아. 결국 자기 선택이고 거기에 따른 책임을 져야지."

"그날 아침에 매분구 화리가 집을 나서는 임 조이를 보지 않 았다면 살인은 일어나지 않았을 겁니다."

"그랬겠지. 하지만 지나간 일을 돌릴 방법은 없네. 오직 앞으 로 나아갈 따름이지."

분위기가 무거워지자 박죽서가 김금원에게 넌지시 말했다.

"시 하나 읊어주게. 혜랑이는 비파를 잡아주고."

임혜랑이 기조각을 끼고 향비파를 잡고는 가볍게 현을 튕겼 다. 은은한 소리가 삼호정에 울려 퍼지자 김금원이 말했다.

"내가 열네 살 때 금강산을 갔었네. 참으로 천하 절경이더군. 그 앞에 서니 양반이니 상놈이니, 남자니, 여자니 구분 짓는 것 들이 참으로 가소롭게 느껴졌어. 지금 세상에 여자로 태어난 건 아쉬운 일이지만 사람이 하고 싶은 걸 전부 다 하고 살 수는 없 는 노릇이지. 특히 정양사라는 절의 헐성루에 올라가서 내금강산을 봤는데 말이야."

술 한 모금으로 목을 축인 그녀가 말을 이어갔다.

"사방의 시야가 확 트여 막히는 곳 없이 금강산 일만이천 봉이 다 눈 아래로 굽어 보였지. 어떤 것은 눈 쌓인 언덕 같고 어떤 것은 불상과도 같고 어떤 것은 곱게 단장한 것 같고 어떤 것은 칼 든 군병들이 옹기종기 모여 있는 것도 같고 어떤 것은 연꽃과도 같고 어떤 것은 파초 잎과도 같았어. 떠받치고 있는 것도 있고 공손히 읍하는 것도 있고, 비껴 있는 것도 있고 세워져 있는 것도 있고 일어서 있는 것도 있고 쭈그리고 있는 것도 있어 그 천태만상은 말로 표현하기 어려웠어. 내가 본 세상은 그런 곳이었어. 그리고 지금도 그곳에 가는 꿈을 꾸고 있지. 나에게는 삼호정이 내금강산이고, 일만이천 봉이라네. 그 봉우리 앞에 서면 인간이 얼마나 작고 나약한 존재인지 알게 될 거야. 다만, 억울함과 원통한 일이 없도록 도울 뿐이지."

얘기를 마친 김금원이 낭랑한 목소리를 시를 한 수 읊었다.

헐성루가 골짜기에 우뚝하게 하늘에 솟아 있어 歇惺樓壓洞天心

산문을 들어서자 곧바로 총림일세. 纔入山門卽叢林

온갖 경계 기이한 곳 精京千般奇艳處

무수한 연꽃들 노을 속에 뾰족이 솟았네. 芙蓉無數晚丰尖

김금원이 시를 읊는 동안 박순애는 눈을 감은 채 조용히 들었다. 뜨겁고 요동쳤던 마음이 김금원의 얘기와 시를 듣는 동안 진정되었다. 시를 다 읊은 김금원이 박죽서를 바라봤다. 그러자 박죽서가 박순애에게 말을 건넸다.

　"얼마 전에 양주 관아의 관기로 있는 친구에게 연락이 왔었네."

　"어떤 연락이요?"

　"양주 고을에서 여인이 한 명 물에 빠져 죽었다는군."

　"자살입니까? 아니면 타살입니까?"

　"양주 관아의 조사 결과는 자살이었어. 시댁에서 쫓겨나서 집으로 오는데, 너무 상심해 있어서 남동생이 진정시키려고 함께 배를 탔는데 갑자기 미안하다는 말을 남기고 물속으로 뛰어들었다고 하더군."

　그러면서 박죽서가 방석 아래 깔려 있던 종이를 건넸다. 그걸 건네받은 박순애가 말했다.

　"양주 관아에서 작성한 검시장식이군요."

　종이에 적힌 내용을 살펴보던 그녀가 말했다.

　"손톱 밑에 진흙이 박혀 있고, 콧속에서도 진흙이 나온 걸 보면 살아서 물에 뛰어든 건 맞네요."

　"잘 아는군. 죽이고 나서 물에 빠트린 다음에 익사라고 꾸미는 경우가 많은데 이번 경우는 그건 아닌 거 같아."

"그럼 뭐가 문제인가요?"

"내 친구 말로는 그날, 사또를 모시고 강가에서 연회를 열었다고 하더군. 그러다가 우연찮게 배에 탄 여인이 물에 빠지는 걸 먼발치서 봤다고 했어."

"목격자인 셈이군요."

"맞아. 목격자. 그런데 친구가 보기에는 스스로 물에 뛰어든 것 같지 않다고 했어."

박죽서의 얘기를 들은 박순애는 입을 다물지 못했다.

"그럼 남동생이 떠밀었단 말입니까?"

"그건 보지 못했지만, 뱃전에 매달린 여인이 살려달라고 외치는 소리를 들었다고 하더군."

"스스로 뛰어들었다면 그랬을 리 없을 텐데요."

박순애의 반문에 박죽서가 고개를 끄덕거렸다.

"그렇지. 하지만 관기 신분이라 나설 일이 아니라고 생각해서 그냥 넘어갔다고 했어. 그런데 얼마 후에 물에 빠져 죽은 여인의 시신이 발견되고, 그 집안에서 관아를 찾아왔다고 해."

"자백을 하러 온 건가요?"

"아니, 자기 딸이 시댁에서 소박을 맞고 와서 스스로 목숨을 끊었으니 열녀로 삼아달라고 한 거지."

"뭐라고요?"

어처구니가 없어진 박순애의 물음에 박죽서가 쓴웃음을 지었다.

"가족 입장에서는 시댁에서 쫓겨 온 여인이 마땅찮겠지. 하지만 자살로 꾸미는 것도 모자라서 열녀로 삼아달라고 하는 말에 너무 어이가 없었나봐."

"그랬겠죠."

"그걸 보고 몰래 검시장식을 한 부 필사한 걸 손에 넣어 나한테 보내줬어. 억울하게 죽은 여인의 한을 풀어달라고 말이지. 그런데 우리는 양주까지 내려갈 수 없어서 말이야."

박죽서의 설명을 들으며 검시장식을 살펴보던 박순애는 아래쪽에서 눈길이 멈췄다.

"죽은 여인의 손가락 대부분이 부러졌다고 적혀 있어요."

"양주 관아에서는 물속에서 바닥을 긁다가 부러졌다고 생각하나봐."

"익사한 시신을 많이 봤는데, 물속에서 손가락이 부러져서 나온 경우는 없었습니다."

단호하게 얘기한 박순애가 검시장식을 챙겨서 소매에 넣었다.

"제가 양주에 가서 조사해보겠습니다."

옆에서 얘기를 듣던 김금원이 말했다.

"어차피 처벌은 못 할 거야. 하지만 자기들이 죽이고 열녀로 꾸미는 것은 괘씸한 일이지."

"그것도 가족을 말이죠. 어이가 없네요."

박순애의 말에 김금원이 빙그레 웃었다.

"그러니까 가서 조사해보고 왜 열녀로 만들려고 했는지도 알아봐. 그것 때문에 죽였을 수도 있으니까."

"아무리 열녀가 나오면 가문의 영광이라고 하지만 산 사람을 죽이다니요. 그것도 가족을 말입니다."

"그게 우리가 사는 세상이지. 우리가 억울한 사람들을 도와줘야 하는 이유이기도 하고 말이야."

힘주어 말한 김금원은 동료들을 바라봤다. 동료들 역시 같은 생각이라는 듯 고개를 끄덕거리거나 말없이 옅게 미소를 지었다. 마지막으로 시선이 마주친 박순애는 검시장식을 품속에 넣으며 말했다.

"그럼 다녀오겠습니다."

삶이라는 외투는 앞으로 가는 발걸음을 무겁게 합니다. 인
생이라는 모자는 때로는 우리의 눈을 가려버리죠. 대부분 사
람은 그것을 자연스레 받아들입니다. 당대에 통용되는 관습
과 가치관 같은 것이기 때문입니다. 그런데 외투를 벗고 모
자를 내팽개치는 사람도 종종 있습니다.《규방 부인 정탐기》
의 주인공 중 한 명인 김금원이 바로 그런 사람입니다. 열네
살의 나이로 드넓은 세상을 구경하기 위해 전국일주를 감행
했으니까요. 지금도 쉽지 않은 일이었지만 교통이 발달하지
않았던 조선시대에는 거의 불가능한 일에 가까웠습니다. 그
래서 종종 김금원이 전국일주를 했다는 사실을 의심하는 전
문가들이 있습니다. 하지만 그녀가 남긴 여행기《호동서락
기》를 보면 금강산과 단양, 그리고 한양을 둘러본 것이 확실

합니다. 그녀는 왜 어린 나이에 세상을 보고 싶어 했던 걸까요? 그것은 그녀의 운명 때문이었습니다. 《호동서락기》에는 아주 짧고 순간적으로 지나갑니다만, 그녀는 돌아와서 관기가 됩니다. 말하는 꽃 기생인 것이죠. 아마도 그녀의 어머니가 기생이었고, 딸인 그녀 역시 그 운명의 굴레를 이어받은 것으로 보입니다. 그래서 그녀는 세상을 돌아보고 싶어 했던 것 같았습니다.

여행에서 돌아온 그녀는 기생이 되었고, 부유한 관리의 첩이 되면서 관기의 신분에서 벗어납니다. 그리고 용산에 있는 삼호정에서 같은 처지에 있던 여동생과 친구들을 모아 시회를 꾸립니다. '삼호정 시사'라는 이 모임은 기생 출신의 여성으로 구성되었지만, 당대의 유명한 문인들과 교류를 했습니다. 김금원의 용기가 말하는 꽃이 아닌 주체적인 여성의 삶을 살도록 만들어준 것이죠. 조선이라는 나라는 같은 시대에 공존했던 다른 나라들처럼 여성의 삶과 인권에 크게 관심이 없었습니다. 하지만 김금원은 그런 것에 굴복하는 대신 자신만의 운명을 개척하려고 노력했습니다. 그런 그녀는 자신을 첩으로 받아준 남편이 사망하고 종적을 감췄습니다. 아마도 정실과 그 자식들에 의해 쫓겨났을 겁니다. 하지만 저는 그녀가 당당히 또 다른 여행을 떠났을 것이라고 믿습니다.

《규방 부인 정탐기》는 김금원이라는 여성의 서사를 일부 차용한 역사 추리물입니다. 김금원이 등장하는 작품을 쓰고 싶어서,《호동서락기》를 비롯해 많지 않은 자료들을 모으고 읽어봤습니다. 그녀가 안락의자형 명탐정이었는지, 핍박받는 여성들에게 관심이 있었는지는 모릅니다. 하지만《호동서락기》를 쓰고 '삼호정 시사'를 만든 김금원이라면 분명, 주변의 억울한 일을 외면하지는 않을 것이라는 믿음을 가지고 이 글을 쓰게 되었습니다. 소설에 등장하는 두 가지 사건은 모두 실제 있었던 일이며, 마지막에 나오는 세 번째 사건 역시 실제 기록을 바탕으로 하고 있습니다. 삶이 빈곤하면 죽음조차 빈곤할 수밖에 없는 건 오랜 시간 동안 변하지 않은 비극이었습니다. 그리고 지금의 대한민국의 어딘가에서는 여성이거나 어리다는 이유로, 혹은 돈이 없거나 장애가 있다는 이유로 고통받는 사람들이 있습니다. 이 글이 그들을 잊지 않게 해주는 작은 등불 역할을 했으면 하는 바람입니다.

# 규방 부인 정탐기

**초판 1쇄 발행** 2022년 10월 12일

**지은이** 정명섭

**기획편집** 김소영, 김수현
**디자인** 알레프

**펴낸곳** 언더라인
**출판등록** 제2022-000005호
**팩스** 0504-157-2936
**메일** underline_books@naver.com
**인스타그램** @underline_books

ISBN 979-11-978601-4-0 03810
ⓒ 정명섭, 2022, Printed in Korea